Helden von Heute

Wer auf den Tod wartet, verpasst das Leben

Gewidmet all denen,
die nie an mich geglaubt haben.
Gewidmet all denen,
die mich zu dem gemacht haben, der ich bin.
Gewidmet all denen, die nicht an sich glauben.

Sebastian Fuckert

Helden von Heute

Bibliografische Information der Deutschen Nationalbibliothek:
Die Deutsche Nationalbibliothek verzeichnet diese Publikation in der
Deutschen Nationalbibliografie; detaillierte bibliografische Daten sind
im Internet über
< http://dnb.d-nb.de > abrufbar.

Satz, Umschlagdesign, Herstellung und Verlag:
Books on Demand GmbH, Norderstedt
ISBN-13: 978-3-8334-6207-8

Inhalt

Vorwort

Helden von Heute – was für ein Titel, mag man sich denken. Und warum schreibt jemand von 24 Jahren seine Biographie? Ich würde dies nicht gerade eine Biographie nennen. Eher eine Ansammlung von kleinen Geschichten, die das Leben schrieb. Und warum überhaupt Helden von Heute?

Ein Held bin ich gewiss nicht. Die wahren Helden der Geschichte sind andere Personen. Doch wehe dem Land, dass Helden braucht. Oder besser gesagt: dem Buch. (Sehen Sie mein Lächeln?)

Ich bin nur ein junger, vielleicht auch gescheiterter Mann, der seinen Frieden finden will. Frieden und Erlösung von den Höllenqualen, die ihn sogar dazu gezwungen haben, ein Buch zu schreiben, mit dem der geneigte Leser sich quälen muss. Lest es, oder lasst es sein. Mehr kann ich zu meinem Buch nicht sagen. Es ist aus der Realität gegriffen und schildert meinen oft holprigen Lebensweg.

Ob es jemanden interessiert? Das ist mir egal! Bejammert mich nicht, beklagt mich nicht. Zieht eure Lehren aus meinem Buch, oder nicht. Ich will nichts verkünden, nichts versprechen. Ich biete höchstens Anweisungen, wie man es nicht machen sollte.

Vielleicht bin ich ja ein abschreckendes Beispiel (langsam erweitert sich mein Lächeln zum Lachanfall). Es erwarten euch brutale Offenheit, Sex, Alkohol, Frauen, Erfolge und Misserfolge. Was braucht eine gute Story mehr? Aber vielleicht ist ja alles nicht so schlimm, wie ich es im Voraus ankündige? Am Ende sind es doch nur Narrenpossen und Kapriolen, die wir schlagen. Und meine Geschichte ist ein universaler Witz. Eine Komödie, wo niemand lacht und ich der Letzte bin, der euch den Spiegel der Welt vorhält und sagt: »Hier, das seid ihr! Ihr Spießbürger, die ihr jeden Sinn für Humor und Leidenschaft verloren habt!«

Ich stehe hier und kann nicht anders, ich armer Tor. Aber genug des unsinnigen Geredes. Folgen Sie einem Wahnsinnigen in seine Welt.

(Ich lach mich tot, Sie haben es wirklich gekauft.)

Schauts's her – hier bin ich

Wir schreiben das Jahr 1982. Genauer: den 16. Februar 1982. Es ist der kälteste Tag des Jahres, und der Atem gefriert einem in der Nase. Dunkelheit umgibt mich, und ich höre seltsame Geräusche. Nichts ist wie sonst in meiner gewohnten Umgebung, dem Mutterleib. Ich höre unbekannte Stimmen, die von draußen zu mir dringen, fremde Stimmen. Angst befällt mich. »Ist es denn schon so weit? Ich mag aber noch gar net raus!« Über mir öffnet sich ein Loch, das kein Ende zu nehmen scheint. Ein starker Sog setzt ein, der mich mit sich zieht. Ich versuche mich krampfhaft festzuhalten, als ob ich wüsste, was mich in dieser Welt erwartet.

Doch dieser unwiderstehliche Sog reißt mich mit sich. Ich gleite durch wie im Fluge, und am Ende des Tunnels sehe ich Licht. Es kommt näher und näher. Ich stoße durch es hindurch und sehe eine Person mit einem Tuch vor dem Gesicht. »Es ist ein gesunder Junge!«, ruft diese Person, die sich als der Arzt herausstellen sollte, sichtlich zufrieden. Da bin ich. Sebastian Fuckert, jüngstes Kind von Friedrich Karl und Waltrud Fuckert. Ich war nun auf einer Welt, auf der ich bestimmt nie hätte sein wollen.

»Na ja, machen wir das Beste draus!« Dachte ich mir. Und ich war recht zufrieden, als man mich in die Arme meiner Mutter legte und sie mich mit ihren großen Augen anstrahlte. Der einzige Nachteil meiner Geburt war, dass ich meine Mutter fast umgebracht hätte. Meine Geburt verursachte bei ihr eine schlimme Beckenthrombose, die nur entdeckt wurde, als sie vor Schmerzen zu schreien begann. Außerdem verursachte ich ihr schweren Heißhunger auf Fleischwurst und zwei Flaschen Bier nach meiner Geburt. Der Alkohol lag mir im Blut.

Nicht dass meine Mutter Alkoholikerin wäre. Nein, der Alkohol sollte in meinem späteren Leben einen größeren Platz einnehmen. Doch nun werden die Erinnerungen schemenhaft. Die Welt begann sich schnell für mich zu drehen.

Ein kleiner Drecksack ist geboren

Ich habe nach meiner Geburt meine Eltern ganz schön auf Trab gehalten. Erst wollte meine Mutter nach meiner Geburt wegsterben, und dann ich. Von Geburt an litt ich an einer Art Asthma, die mich fast über den Jordan befördert hätte. Nur eine an übersinnlich grenzende Eingebung meiner Mutter rettete mich vor dem sicheren Erstickungstod. Ich wurde abends in mein Bettchen gelegt. Meine Eltern wollten nur einen kurzen Spaziergang um den Block machen, als meine Mutter wie von Geisterhand kehrtmachte und zurück zur Wohnung lief, wo sie mich schon blau angelaufen vorfand. Es ging mit Blaulicht ins Krankenhaus. Es gelang den Sanitätern, mich während der Fahrt wiederzubeleben. Ob ich irgendwelche Schäden davongetragen habe? Ich weiß es nicht!

Eine meiner frühesten Erinnerungen beschäftigt sich mit Samson von der Sesamstraße. Man erinnere sich an das Standbild Mitte der Achtzigerjahre, das die Sesamstraße ankündigte. Man sah Samson mit einem meiner Meinung nach ziemlich wütenden Gesicht, das für Kinder gewiss nicht geeignet war. Ich saß zumeist nach dem Frühstück, während dem ich mich, wie ein Zweijähriger es gerne tut, mit Essen vollsaute, mit einer Decke auf unserer Couch im Wohnzimmer und wartete gebannt auf die Sesamstraße. Doch sobald ich dieses Standbild sah, erfasste mich die nackte Angst, und ich versteckte mich unter meiner Decke.

Manchmal war meine Angst so groß, dass ich leise »Mama« rief. Meine Mutter vernahm diesen Ruf, so leise er auch immer war, und setzte sich neben mich, bis die Sesamstraße anfing. Was ich immer voller Freude zur Kenntnis nahm. Nach dem Ende der Sesamstraße musste das Video von Puh dem Bären eingelegt werden. Es war 1984, und meine Eltern besaßen einen Videorecorder! Anscheinend hatte ich es mit der Auswahl meiner Familie nicht schlecht getroffen.

Puh der Bär, was habe ich ihn geliebt. Ich weiß nicht, wie oft ich dieses Band gesehen habe. Ich glaube, als ich vier Jahre alt war, ist es durch den Verschleiß gerissen.

Aber eigentlich habe ich nur sehr wenige Erinnerungen bis zu meinem sechsten Lebensjahr und stütze mich auf die Erzählungen meiner Eltern. Aber als Zweijähriger musste ich dem Tod ein weiteres Mal von der Schippe springen. Ich nahm meine erste Flugstunde. Meine Eltern betrieben einen Elektroladen, der im Erdgeschoss unseres Mietshauses war. Über dem Laden lag unsere schöne, große Wohnung, durch deren Zimmer ich noch heute im Traum schreiten könnte. Man verließ den Laden nach hinten und trat in einen Vorraum, in dem eine Wendeltreppe nach unten in den Keller und eine nach oben in unsere Wohnung führte. Ging man die Wendeltreppe nach oben, stand man vor einer Glastür, durch die man in den Flur trat. Im Flur gab es weitere fünf Türen, die zu einem Bad, Kai's und meinem Zimmer, zum Zimmer meiner Schwester und ins Büro führten. Durch die fünfte betrat man das Esszimmer. Weiter durch einen Flur, der an einem zweiten Bad vorbeiführte, konnte man das Schlafzimmer meiner Eltern sowie unser Wohnzimmer und die Küche betreten.

Und eben durch jene Wendeltreppe, die zu unserer

Wohnung führte, schlüpfte ich eines Tages und fiel hinab. Komischerweise sehe ich den Fall heute noch vor mir. Ich sah in Zeitlupe den Boden immer näher kommen. Alles drehte sich, bis mein Sturz abrupt aufhörte. Kai hatte mich aufgefangen. Ich verdanke meinem Bruder mein Leben. Manchmal vergisst man es mit den Jahren, doch diese Erinnerung tritt immer wieder hervor. Ich bin ihm heute noch sehr dankbar dafür. Eine weitere Lieblingsbeschäftigung von mir war es, abends mit unserem Dackel Trixi gemeinsam vor dem Nachtspeicherofen im Wohnzimmer zu kuscheln. Wir pressten uns beide auf einen kleinen roten Teppich vor jenem Ofen. Oftmals schlief ich neben ihm ein und mein Vater trug mich ins Bett.

Aber es gibt auch schlimme Erinnerungen. Vor allem jene an mein Kindermädchen. Mit Grauen erinnere ich mich an sie. Die gute Gisela. Wenn ich sie nach heutigen Maßstäben beurteilen sollte, war sie klein, dick und verpickelt. Ich weiß bis heute noch nicht, was meine Mutter geritten hat, als sie diese Person anstellte. Aber als kleiner Wicht kam sie mir erschreckend vor. Ich versteckte mich meistens, wenn sie im Anmarsch war, oder versuchte mich krank zu stellen. Diese monströse Person schleifte mich wie einen Sack durch die Gegend und war bar jedes Feingefühls. Einmal ließ sie mich dreijährigen Wurm durch ganz Westerburg laufen, ohne mich einmal zu tragen oder auch nur ausruhen zu lassen. Dies war Gott sei Dank der Punkt, an dem mir meine Eltern glaubten, wie schrecklich sie war. Ich kam mit ihr vollkommen verschwitzt und mit Fieber nach Hause. Sie wurde direkt gefeuert. Ich war so erleichtert, mein kindliches Gemüt war sonnig ohne Ende. Vor allem hatte meine Mutter ein schlechtes Gewissen und ließ mir, so weit es die Arbeit zuließ, ganz besonders viel Zuneigung zukommen. Und das Beste war, dass von nun an meine Schwester sich um mich kümmerte.

Sie nahm mich immer ganz selbstverständlich mit zu ihren Freunden. Sie trafen sich immer auf Spielplätzen. Die meisten brachten ebenfalls ihre eigenen kleinen Geschwister mit. Oftmals besuchten wir auch den Märchenpark, der eine kleine Touristenattraktion in Westerburg war. Dort konnte man auf Ponys reiten, elektrische Puppenhäuser bewundern, kleine Autos fahren und sogar mit Motorbötchen über einen künstlichen Teich brettern. Dies waren die schönsten Tage, die ich während der ersten drei Jahre verbrachte. Doch es nahte eine jähe Unterbrechung meines Glücks. Der Kindergarten! Kindergärten gelten im Allgemeinen als Plätze, an denen man die ersten Freundschaften knüpft.

Jedoch war der Kindergarten für mich die Hölle. Meine Mutter brachte mich eines Morgens dorthin. Die Betreuerinnen waren mir von Anfang an unsympathisch. Es waren Ökoterroristen!! Nackte Füße in Birkenstocksandalen, Wollpullis und stark bebrillt. Sie hatten immer ein lustiges Lied auf den Lippen. Nun ja, das mag ja recht nett klingen, jedoch sollte man schon ein wenig Taktgefühl haben, wenn man auf seiner Gitarre rumschrabbelt.

Auch hasste ich die Kinder um mich herum. Man wurde gezwungen, mit jedem zu spielen. Kein Ansatz von persönlicher Freizügigkeit. Ich war damals schon ein kleiner Rebell, weigerte mich, auch nur einen Moment das zu tun, was man von mir verlangte. Ganz schlimm war es morgens, wenn meine Mutter mich ablieferte. Ich heulte Sturzbäche und jammerte ganz arg. Ich weiß noch, wie ich mich unter ihrem langen Mantel versteckte.

Aber ich hatte zumindest meinen ersten großen Auftritt als Schauspieler am Erntedankfest. Ich spielte eine Maus, die sich für die Ernte bedankte. Dieser Auftritt stellte sich gottlob auch als Abgang heraus. Meine Eltern beschlossen, mich aus dem Kindergarten zu nehmen, um frei aufzuwachsen. Ich hatte es sage und schreibe ein Jahr dort ausgehalten.

Die nächsten zwei Jahre bis zum Beginn der Schule vertrieb ich mir damit, unsere Haushälterin zu terrorisieren, mit meinen geliebten He-Man-Figuren zu spielen und, man mag es kaum glauben, mit Computerspielen. Mein Bruder hatte zu Weihnachten einen Commodore C-64 bekommen. Der erste wirkliche Heimcomputer. Ich war immer so glücklich, wenn er mir morgens ein Spiel anmachte, bevor er zur Schule ging. Auch im Luftgewehrschießen unterwies er mich. Und ich konnte wieder meine gewohnten Märchenparkgänge aufnehmen.

Das einzig Schlimme, was bis zu meiner Schulzeit passierte, war der Tod von Trixi. Ich hatte zu meinem fünften Geburtstag einen weiteren Dackel bekommen. Eine Blaublütlerin. Sie hieß Anja von Weyerbusch. Wir tauften sie einfach auf den Namen Hexe. Trixi war schwer beleidigt. An einem Wintertag machte sie sich wie gewohnt zu ihrem Spaziergang zum Haus meiner Großeltern auf, den sie schon seit Jahren von alleine lief. Jedoch kehrte sie nie wieder zurück. Der dicke, hässliche Schneepflugfahrer hatte sie übersehen und getötet. Ich war untröstlich und kauerte mich auf unseren roten Teppich vor dem Ofen und heulte Rotz und Wasser. Hexe, die kaum drei Monate alt war, kam zu mir und leckte mir übers Gesicht und kuschelte sich an mich. Vor lauter Erschöpfung schlief ich mit ihr im Arm ein.

Ich habe Trixi bis heute nicht vergessen. Jedoch war es mit Hexe viel lustiger, da sie jung war. Oftmals jagten wir in wilder Verfolgung durch die Wohnung. Sie versuchte immer, mich am Hosenbein zu erwischen, was ihr auch meistens gelang. Meine Schlafanzughose war bereits nach ein paar Monaten vollkommen durchlöchert, und ich verbrauchte noch einige. Es waren zwei wundervolle Jahre, die noch bis zu meiner Einschulung vergingen.

Der erste Schultag
Oder der Beginn eines langen Weges

Pünktlich zu meiner Einschulung traf mein Onkel Horst aus Amerika ein. Er war dort für ein Jahr Pfarrer einer protestantischen Gemeinde in Florida. Ich liebte meinen Onkel schon in frühen Jahren abgöttisch. Er verkörperte für mich das Abenteuer und die große, weite Welt. Eigentlich hatte er Koch gelernt, jedoch fühlte er sich eines Tages von Gott berufen und begann Theologie zu studieren. Jeder mag seine eigenen Ansichten über Pfarrer haben, vor allem wenn sie auf einmal radikal erleuchtet werden. Aber wenn jemand einen solchen Umschwung durchzieht, nötigt es Respekt ab. Immer wenn er von seinen Reisen kam, brachte er mir tolle Sachen mit. Wie zuletzt ein Mickymaus-Shirt aus Disneyland und ganze 50 Dollar.

Er erzählte auch wunderbare Geschichten, vor allem von seinen Reisen nach Jerusalem. Ich war immer ganz fasziniert und hörte mit angehaltenem Atem zu. Am Tag meiner Einschulung erhielt ich von meinen Eltern eine große lila Milkaschultüte. Ich wurde in meine besten Sachen gesteckt. Und wie wir alle wissen, die Sachen, die unsere Eltern für die besten halten, sind die schrecklichsten. Wir fuhren zur Schule und gingen in die Turnhalle, in der schon viele Eltern und Kinder versammelt waren. Ich war ganz stolz. Meine große Schultüte auf dem Arm und meinen tollen blauen Pinto-Ranzen auf dem Rücken. So marschierte ich voraus.

Ich fürchtete mich vor der Schule nicht so wie vor dem Kindergarten. Ich denke, es ist die Freude darüber, jetzt zu den Großen zu gehören, und nicht mehr zu den »Babys«. Die älteren Schüler führten ein Stück für uns auf, aber was es war, daran erinnere ich mich nicht mehr. Wenn ich jetzt als junger Literat spreche, sage ich am besten, dass es so schlecht war, dass ich mich glücklich schätze, es vergessen zu haben. Doch dann schlug die Stunde der Verteilung, oder Verurteilung? Die einzelnen Kinder wurden ihren Klassenleitern zugeteilt.

Meine erste Lehrerin hieß Frau Vogel. Sie war eine Endvierzigerin, hatte ein eingefallenes, verhärmtes Gesicht und war dünn wie eine Bohnenstange. Ihre Stimme klang sehr metallisch und hatte etwas Drohendes an sich, als sie rief: »Alle Kinder zu mir!« Dies war also meine erste Musterung. Nun war ich ein kleiner Soldat der Kompanie Vogel, gedrillt zum Lernen. Ich hatte schon ein sehr mulmiges Gefühl, jedoch wollte ich, dass meine Eltern stolz auf mich sind, und folgte dem Ruf. In der nächsten Stunde wurde uns das Klassenzimmer gezeigt, und wir bekamen die Sitzplätze zugeteilt. Ich saß an einem Vierertisch zusammen mit Lars, Konsti, Christian und Christian. Es war doch verdammt verwirrend, dass es so viele Christians gab. Also wurden beide von uns nur mit ihren Nachnamen gerufen. Wolf und Bauer.

Ich war verdammt stolz, dass ich auf einem Stuhl mit einem grünen Punkt sitzen durfte und die anderen auf den Stühlen mit den roten Punkten Platz nehmen konnten. Ein roter Punkt bedeutete klein, grün bedeutete mittel und blau groß. Als Erstes sollten wir unsere Namensschilder schreiben, soweit wir es konnten.

Meine Mutter hatte mir bereits Schreiben und Lesen beigebracht. Manche werden sich jetzt denken, sie hätte es lassen sollen. Ich schrieb ihr immer kleine Zettelchen, meistens mit der Frage, ob ich mir eine neue He-Man-Figur kaufen durfte. Sie verfluchte wohl auch insgeheim diesen Moment. Als wir unsere Schilder geschrieben hatten, stellte Frau Vogel uns Umi den Buchstabenbär vor. Und das Wortkrokodil. Es war aus Holz, und durch sein Maul konnten Wörter geschoben werden, die wir Stück für Stück laut lesen mussten. Der erste Schultag war beendet und wir konnten zu unseren Eltern zurück. Ich war stolz wie Oscar. Jedoch sollte ich am nächsten Tag Bekanntschaft mit der Schönschrift machen, welche mein Verhängnis wurde.

Ich saß tagein, tagaus vor meinem Übungsheft und versuchte mit meinen beschissenen Wachsmalstiften diese geschwungenen Buchstaben hinzubekommen und brach oft vor Verzweiflung in Tränen aus. Meine Hand wollte mir nicht gehorchen. So langsam fing ich an, mich gegen die Schule zu sperren. Vor allem, weil Frau Vogel ein Miststück war. In bester Bundeswehrmanier schrie sie uns an, wenn wir Fehler machten, und bezeichnete uns als dumm oder unbegabt. Besonders dann, wenn jemand nicht richtig lesen konnte. Viele hatten Probleme mit dem Aussprechen des »Sp«. Diese Schüler machte sie am meisten runter.

Aber ich sollte auch noch mein Fett wegkriegen, obwohl ich es eher zulegte. Ab meinem siebten Lebensjahr nahm ich rapide zu. Gegen meine Erstickungsanfälle hatte man mir Kortison verschrieben, dass per Zäpfchen verabreicht wurde. Gottlob ist das Schamgefühl als Kind gegenüber den Eltern nicht sonderlich ausgeprägt, oder wäre es eine schöne Empfindung, wenn man sich bewusst wird, dass man seiner Mutter gerade den nackten Arsch entgegenstreckt? Mein Körper wurde durch dieses Mittel stark aufgeschwemmt, und meine Mitschüler begannen, mich zu ärgern. Auch weil ich durch mein Gewicht und meine geschädigten Bronchien kein besonders guter Läufer war. Vor lauter Frust begann ich, dann zu Hause wirklich zu fressen. Ich plünderte den Süßigkeiten- bzw. Kühlschrank immer und immer wieder. Manchmal wünschte ich, meine Mutter wäre autoritärer gewesen und hätte es mir verboten. Jedoch hatte sie zu dieser Zeit viel zu arbeiten. Aber sie nahm sich immer Zeit, Hausaufgaben mit mir zu machen.

Mein Vater war, solange ich denken kann, tagsüber immer auf der Arbeit und kam abends müde nach Hause. Wir hatten viel Geld und konnten uns fast alles leisten. Jedoch durch die ständige Abwesenheit entfremdete ich mich ein wenig meinem Vater. Ich liebte ihn abgöttisch, und er versuchte sich auch Zeit für alle Kinder zu nehmen, aber nicht immer schaffte er es. Auch war er recht streng. Es ist ja bei Eltern immer einer der gute und einer der böse Bulle. Mein Vater übernahm letzteren Part. Geschlagen wurde in all den Jahren nur vereinzelte Male. Man musste schon etwas Schlimmes dafür anstellen. Mein Bruder hat etwa drei oder vier Ohrfeigen in seinem Leben kassiert, meine Schwester noch weniger. Ich überhaupt nur eine einzige. Na ja, Kai hatte es gewiss manchmal verdient. Wer ein Lagerfeuer unter seinem Bett macht oder seinen Chemiebaukasten in die Luft jagt, muss damit rechnen. Meine Ohrfeige erhielt ich, als meine Schwester und mein Bruder zusammen eine Glastür zerstörten. Ina und Kai kassierten von meinem Vater eine gehörige Ohrfeige. Und ich kleiner Mops von sechs Jahren baute mich vor ihm auf und sagte: »Du hast kein Recht, meine Geschwister zu schlagen!« Mein Vater war völlig perplex, und ich fing die erste und letzte Backpfeife meines Lebens. Welche ich mit einem heftigen Tränenausbruch quittierte. Als er das alles so sah, tat es ihm schrecklich leid, und er entschuldigte sich bei mir. Aber zurück zur Schulzeit. Wie gesagt, ich hatte einige Kilos zugenommen, und man begann mich zu ärgern. Mein Spitzname von Anfang an war Fucki, eine sehr einfallsreiche Ableitung meines Nachnamens. Sie schimpften mich Fettsack, Breitarsch, Pizza Funghi Salami oder einfach nur »du fette Sau«. Ich weinte fast immer, wenn man mich ärgerte, was den anderen nur noch mehr Spaß machte. Manchmal kniffen sie mir auch in den Bauch, bis er blau war. Meine Mutter hat sich oft bei meiner Lehrerin beschwert. Doch diese nahm das kaum zur Kenntnis und sagte: »Sie sind selber schuld, wenn sie so ein fettes Kind haben!«

Eines Tages, ich holte während einer Stunde ein Stück Schokolade aus meinem Ranzen, weil ich Hunger hatte, entdeckte sie mich und schrie mich vor versammelter Klasse zusammen. »Sebastian, du bist doch sowieso schon fett genug, jetzt frisst du schon während der Stunde. Wenn du mein Sohn wärst, hätte ich dich in den Keller zum Abnehmen gesperrt!« Diese Frau hatte mich gefressen, und meine Leistungen nahmen rapide ab.

Vor allem vor Mathe hatte ich Angst. Einmal verwechselte ich in der ersten Klasse plus und minus. Ich musste alle Aufgaben während der großen Pause wiederholen und durfte nicht zum Spielen nach draußen gehen. Mathematik und ich waren von nun an Feinde. Doch Erlösung nahte bald. Zumindest die von Frau Vogel. Nach der zweiten Klasse beim Übergang zur dritten erhielt ich die Möglichkeit, die Klasse zu wechseln. Was Gott sei Dank auch geschah. Ich wechselte zu Frau Hellman. Ich nenne bewusst ihren richtigen Namen, da ich nach meiner Schulzeit erfuhr, dass sie von einer Klasse weggemobbt wurde. Was sich absolut meinem Verständnis entzieht. Sie war etwas jünger als meine Mutter, und sie hatten am gleichen Tag Geburtstag. Frau Hellman war von Anfang an gütig, verständnisvoll und darum bemüht, ihre Schützlinge zu ihrem angemessenen Potenzial zu führen. Dass sie meiner Mutter so ähnlich war, ist wahrscheinlich der Grund, weshalb ich mich so wohl fühlte. Dieses dritte und das darauf folgende vierte Schuljahr waren Jahre der kindlichen Besinnung. Endlich wieder Kind zu sein. Ganz langsam verbesserten sich meine Noten, außer in Mathe selbstverständlich.

Ich schrieb meine erste Eins. Und kostete somit zum ersten Mal den Geschmack des Erfolgs. Und er war hinreißend. Zwar ärgerten mich manche Schüler noch, jedoch wehrte ich mich, schlug zurück. Und dies natürlich nicht im rhetorischen Sinne. Man ist ja als Kind noch kein Goethe und zeigt den anderen den Götz von Berlichingen. Ich sprang ganz einfach auf den Übeltäter und machte ihn im wahrsten Sinne des Wortes »platt«.

In diese Zeit fiel auch der Umzug unserer Familie in das Haus meiner Großeltern. Es gingen Monate der Heimarbeit voraus. Der Speicher wurde aus eigener Kraft umgebaut, ein Treppenaufgang in ein Bad umgewandelt und vieles, vieles mehr. Im Laufe der Jahre sollte noch mehr Arbeit investiert werden, um den jetzigen schönen Zustand zu erreichen. Ich war einerseits sehr traurig, weil ich mich so an meine Umgebung gewöhnt hatte, aber bald packte mich die Neugier auf mein neues Zuhause.

Am stärksten faszinierte mich die Nähe zu meinen Großeltern. Mein Opa imponierte mir am stärksten. Er brachte mir schon im Alter von vier Jahren Schach bei. Erzählte mir vom Zweiten Weltkrieg, seiner Gefangennahme und Flucht quer durch Russland. Er war Nachfahre einer alten schlesisch/preußischen Junkerfamilie. Ich sollte nicht ahnen, wie sehr mich das Preußentum beeinflussen sollte. Auch wollte er mir helfen abzunehmen und machte Leibesübungen mit mir, denen aber kein Erfolg beschieden war. Er wurde nach dem Zweiten Weltkrieg aus Schlesien vertrieben, lernte meine Oma hier kennen und musste sich gegen meinen Urgroßvater durchsetzen, um meine Oma heiraten zu können.

Er hatte nichts, als er in den Westen kam, und die Familie meiner Oma war zu dieser Zeit noch recht gut betucht. Aber trotz allem Widerstandes ehelichte er sie und stieg in die hauseigene Schreinerei mit ein. Aber in den Jahren danach, die voller harter Arbeit waren, sollte das einsetzen, was heute erst dabei ist zu verblassen. Die Gutmütigkeit meiner Familie gegenüber anderen Menschen. Er wurde oft um sein Geld geprellt, und die Schreinerei musste schließen.

Von da an begann er in Frankfurt bei der Verwaltung zu arbeiten und das mit minimalem Gehalt. Meine Mutter und mein Vater unterstützten sie in dieser harten

Zeit oft. Aber diese Geschichte würde ein eigenes Buch füllen.

Als ich in die fünfte Klasse wechselte, um mich in dieser Stufe zu »orientieren« und herauszufinden, für welche Schule ich geeignet war, gesellte sich ein anderer Lehrkörper in mein Leben. Herr Kimpel, seinerzeit Direktor der Grund- und Hauptschule Westerburg. Alle zitterten sie vor ihm wie die Beute vorm Raubtier. Er gab in der fünften Mathe! Ich dachte bei mir: »Klasse, auch noch den Direktor in deinem allerschlechtesten Fach. Das kann nicht gut gehen.« Und im ersten Jahr war es auch so. Ich schrammte nur gerade so an der Fünf vorbei und hatte wahnsinnige Angst vor ihm. Er war so autoritär und über alles erhaben. Man muss ihm Charisma zugestehen, aber vor allem Macht über seine Zöglinge. Die, wie ich zugebe, Frau Hellman manchmal abging. Wohlgemerkt, ich nenne in meinem Buch nur die wahren Namen derer, die mir geholfen haben. Bei anderen möchte ich keine schlafenden Drachen wecken. Aber zurück zur Schule.

Nachdem die Fünfte vorbei war, wurden die Empfehlungen ausgesprochen. Meine war von vornherein klar. Hauptschule! Heute klingt der Begriff Hauptschule manchmal mit dem Wort »unfähig« zusammen. Damals war es noch nicht so. Als Hauptschüler hatte man die ordentliche Aussicht, noch etwas zu werden. Oft war sogar ein guter Hauptschulabschluss besser als eine mäßige mittlere Reife. So langsam begann ich ein paar mehr Einsen zu sammeln. Vor allem in Englisch. Jedoch mit Mathe wollte es nicht werden, bis meine Mutter herausfand, dass ich Angst vor Herrn Kimpel hatte und ihm dies mitteilte. Er war ganz erstaunt und lächelte mich freundlich an. Er sagte: »Junge, du musst doch keine Angst vor mir haben, ich will dir doch auch bloß helfen!« Und seltsamerweise schrieb ich im darauf folgenden Jahr meine erste Eins in Mathe. Ich weiß es noch, als ob es gestern gewesen wäre. Die Arbeit drehte sich um Bruchrechnung, und jedes Kind hatte heute wie damals Angst vor ihr. Diese seltsamen über und unter Strichen geschriebenen Zahlen. Kein Verständnis für das, was der Lehrer dort vorführte. Doch komischerweise verstand ich fast alles. Es war wie eine Erleuchtung. Aber ich muss zugeben, dass es das erste Mal war, dass ich das Mathebuch nicht als meinen Todfeind ansah, als ich es vor der betreffenden Arbeit aufschlug. Und alles nur, weil der Mann nett zu mir war. Es sollte sich noch öfter rausstellen, dass ich bei gemochten Lehrern besser war. Schlagartig wühlte ich mich in fast allen Fächern nach oben. Begann ein wenig Selbstbewusstsein aufzubauen.

Die Sechste verging wie im Fluge. Der einzige Wermutstropfen war, dass ich nicht zur Realschule zugelassen wurde. Frau Hellman unterband es, da ich nicht gefestigt genug war. Heute bin ich froh darüber.

Ich mochte eigentlich alle Lehrer, bis ich auf Herrn Äppler stieß. Er terrorisierte schon meinen Bruder in der Schule. Eine riesige Person, etwa 188 cm groß, mit einem dicken Kugelbauch und herrischem Gesichtsausdruck.

Da war es wieder, das »Frau Vogler Syndrom«. Bei mir sperrte sich alles, aber nicht nur bei mir. Alle meine Mitschüler hatten riesigen Schiss vor ihm. Er machte jeden für seine Fehler runter, und das vor versammelter Mannschaft. Viele sind heulend zusammengebrochen. Ich jedoch nicht! Aber gewehrt habe ich mich auch nicht. Er hatte die widerliche Angewohnheit, während der Pause in seinem kleinen Räumchen, dass unmittelbar an den Werkraum grenzte, zu rauchen und sein Brot zu essen. Dessen Reste während der nächsten Unterrichtsstunde aus seinem Mund flogen.

Aber er bekam auch sein Fett weg. Einige Eltern hatten sich über seine harte Unterrichtsart beschwert. Und somit kam es zu einer Anhörung vor dem Elternbeirat. Er saß klein und zusammengekauert auf seinem Stuhl und versprach hoch und heilig, sich zu bessern. Und man muss sagen, er tat es auch. In diese Zeit fällt meine einzige schöne Erinnerung an ihn. Er sprach mich oft mit dem Namen meines Bruders an. Nach ein paar Mal versprach er, dass er meinen Namen hundertmal schreiben würde, wenn er mich noch einmal Kai nennen würde. Und er tat es. Es war eine richtige Genugtuung, das Blatt von ihm entgegenzunehmen. Ich bewahre es heute noch auf. Doch anscheinend kam seine Besserung zu spät. Er erlitt wenige Jahre später einen Herzinfarkt in seinem Werkraum und starb dort einsam und alleine. Ich wünsche niemandem den Tod, und auch er hatte einen solchen nicht verdient.

Sterben, um zu leben

14.00 Uhr am 2. Januar 1996.

Von Tränen gelöst und von der Bitterkeit des Augenblicks völlig zerstört, stehen wir um das Krankenbett. Steif und gefesselt sehen wir die kleine Gestalt, die einst so voller Leben war, dort liegen, ohne Regung. Martin Otto Stancke hat nach langer Krankheit die letzten schweren Atemzüge seines harten, aber doch recht glücklichen Lebens getan. Der arme Mann, für den das Leben nicht immer seine schönste Seite zeigte, doch vor dem alle großen Respekt hatten, litt seit Jahren unter Knochenkrebs. Der anwesende Pfarrer ruft uns dazu auf, uns an den Händen zu fassen und gemeinsam zu beten. Doch denke ich bei mir, wie nutzlos diese Worte doch sind in diesem Moment, sie spenden keinen Trost.

Es herrscht einfach nur innere Leere und Wut in meinem gerade erst vierzehnjährigen Geist. Warum das Elend dieses bitteren Todes? Was hat dieser Mann getan, dass er so leiden musste? An seinem eigenen Wasser im Körper erstickt! Ich hoffe, er hat es nicht spüren müssen, dieses Gefühl, qualvoll nach Luft ringend. Doch ich denke, die Morphiumdosis war hoch genug.

Ich wusste in diesem Augenblick, wie sehr mich dieser für mein weiteres Leben prägen würde. Mich auf die Suche nach Wahrheit führen würde, doch welche Wahrheit? Im Moment war mein Leben Asche. Ich sah in das aufgelöste Gesicht meiner geliebten Mutter. Ihre sonst so strahlenden blauen Augen waren durch den Schwall von

Tränen tief gerötet und starrten leer in die versammelte Runde.

Mein Großvater wurde in der ersten Nacht des neuen Jahres mit starken Schmerzen zu Hause abgeholt. Obwohl er Silvester noch so heiter und lustig wirkte. Er konnte sogar ohne Krücken laufen.

Doch im Nachhinein habe ich erfahren, dass es bei den meisten Menschen kurz vor ihrem Tod ein letztes Aufbäumen, das finale Erblühen gibt. Nun als er abtransportiert wurde und meine Mutter mit ihm fuhr, wusste ich intuitiv, dass es das letzte Mal war. Meine Mutter brachte mich mit beruhigenden Worten zu Bett, in das ich nur unter Protest und Tränen ging. Kai weckte meinen Vater und mich morgens um sechs Uhr.

Ich erinnere mich noch heute an den Wortlaut: »Es geht mit Opa zu Ende, wir werden ihm das letzte Geleit geben!«

Auf der Fahrt zum Koblenzer Stiftskrankenhaus hörten wir eine CD, die seit jenen schlimmen Tagen die Ereignisse immer wieder in mein Gedächtnis ruft und mich nie vergessen lässt. Es waren die *Greatest Hits* von *Queen*. Genauer gesagt, *Volume 2*. Bei »Show must go on« konnte ich mich nicht mehr zurückhalten, ich brach in Tränen aus. Mein Bruder fasste meine noch kindliche Hand mit seinem starken Griff, ich habe noch nie eine solch tiefe Nähe zu ihm gespürt wie in diesem Moment. Ich war so dankbar, dass er bei mir war.

Als wir das Krankenzimmer betraten, fiel mir direkt auf wie zusammengefallen mein Opa wirkte, und ich hörte den röchelnden Atem, der schneidend durchs Zimmer fuhr. Meine Mom sagte zu mir, dass er, bevor sein

Bewusstsein schwand, bei vollem Verstand noch seine Schreibmaschine verlangte und seine Dinge geordnet hatte. Ich war sehr stolz. Solchen Mut noch im Angesicht des Todes zu zeigen. Obwohl ich ihn oft in den letzten Monaten vor Angst habe weinen sehen.

Nachdem alle das Krankenzimmer verlassen hatten, verblieb ich noch einen Moment im Zwiegespräch mit dem Körper, der einst die Seele meines Großvaters beherbergte. Ich strich ihm über die kalte Stirn und küsste ihn auf diese. Meine letzten Worte zu ihm waren: »Lebe wohl, alter Mann. Die andere Seite möge dir Erlösung bringen!«

Ich schloss ihm die Augen, und in dem Moment, als ich das Sterbezimmer verließ, war ich kein Kind mehr. An einem einzigen Tag verliert man die Unschuld der Kindheit. Alles ist wie weggewischt von dem man glaubte, dass es wahr und rechtens ist. Und mit einem Schlag steht man in einer neuen, leeren Hülle, die erst wieder gefüllt werden muss.

Erbgeschacher Teil 1

Als wir zu Hause ankamen, empfing uns schon die »liebe« Verwandtschaft. Es lag ein Gefühl der Spannung in der Luft, kaum Trauer. Zumindest von einem Teil meiner Verwandtschaft. Wir waren alle beisammen. So liebte es mein Großvater. Alle Generationen um sich versammelt.

Es war auch immer für jeden ein Platz in diesem großen, alten Fachwerkhaus. Das einer meiner Vorfahren, ein vertriebener Hugenotte, erbaute. Dieser adlige Herr von Pape schwirrt seit Generationen unfassbar durch unsere Familie. Ich kann ihm gut seine Paranoia nachfühlen. Über zweihundert Jahre hinweg. Sein letzter Spruch richtete sich an seinen Diener, der ihn darauf aufmerksam machte, dass er seinen Hut vergessen hätte. *»Lieber meinen Hut, als meinen Kopf!«*, rief er zurück. Ein fantastischer Abgang. Ein wunderbares Bonmot zum Schluss.

Das ist Showtime zur Primetime. Sarkasmus im Untergang. Ich entriss meinen tauben Verstand der Vergangenheit.

Ein Duft von Leichenschändung lag in der Luft. Keine Ehre für den Toten.

Nach allgemeinem Erinnerungsaustausch riss meine Tante Annemarie das Wort an sich. »Ich bin voller Trauer über den Verlust meines geliebten Vaters, jedoch sollten wir das Erbe nicht vergessen!« Dieser Satz sprühte Funken, die auf das bereitstehende Pulver trafen.

»Er ist erst ein paar Stunden tot, und schon sprichst du

über Geld. Du Biest!«, flog es meinen Eltern fast gleichzeitig aus dem Mund.

Meine Großmutter fing leise an zu weinen. Sie tat mir so leid. Ihr alter, von harter Arbeit auf dem Feld und in den Wohnungen anderer Leute, wo sie sich als Putzfrau verdingte, gezeichneter Körper zitterte. Ich vernahm aus ihrem Mund nur ein ersticktes: »Martin, warum musstest du mich allein lassen!«

Mein Onkel Uwe stimmte mit in das Erbgeschacher ein. Gift und Galle flogen durch den Raum. Im Nachhinein ist diese gesamte Situation sehr bizarr, da meine Großmutter noch lebte. Doch wir wussten nicht, was uns noch mit ihr bevorsteht.

Meine geliebte Mutter war das Letzte, was ich von jenem Tag in Erinnerung habe. Ihr leerer Blick schwebt mir noch heute vor Augen. Sie kümmerte sich seit den ersten Tagen der Krankheit meines Opas um ihn, gab ihm Morphiumspritzen. Unterstützte meine Großeltern mit Geld, damit sie einkaufen konnten. Das hatte sie nicht verdient. An diesem Tag drückte sich ein dicker Riss durch die heile Welt meiner Familie. Ich war noch völlig unbeleckt in solchen Dingen.

Die Welt der Erwachsenen hatte mir immer widerstrebt. Doch man kann sich leider nicht dagegen wehren. Ich wollte mich in aller Ruhe in mein Zimmer verkriechen. Doch mein Schwager Peter fing mich ab. »Du kannst in solchen Situationen nicht einfach verschwinden. Musst dich ihnen stellen!«, sagte er abgehackt. In diesem Moment fiel alles von mir ab. Ich weinte noch hemmungsloser als am Totenbett meines Opas. »Scheiß Welt, ich hasse dich«, zischte durch meinen Kopf.

Beginn eines neuen Lebens

Ist die Pubertät nicht etwas Seltsames? Gerade wenn man sich in seinem Leben als Kind zurechtgefunden hat, kommt schon ein neuer Schlag der Evolution daher. Oder eine weitere raffinierte Tücke in Gottes Lebensplan. Ich glaube manchmal, dass Er, Sie oder Es wirklich Spaß an uns hat. Das Leben ist wie eine Komödie. Manchmal tragisch, aber doch immer wieder spannend und witzig. Die Pubertät ist ein boshafter Witz. Man hört sich an wie die Hupe eines verbeulten Fiat Pandas, findet keinen Gefallen mehr daran, die Mädchen zu ärgern, weil man ihnen lieber an die Wäsche gehen würde, und es sprießen überall seltsam viel Haare.

Aber die Pointe der ganzen Sache ist, dass man als Mann die völlige Kontrolle über sein bestes Stück verliert. Vorher nie groß aufgefallen, ist es ab diesem Zeitpunkt ein bestimmender Teil unseres Lebens, wenn nicht der bestimmende, wie viele Damen jetzt denken mögen. Er erhebt sich im wahrsten Sinne des Wortes aus den Tiefen unseres Hosenbundes. Na ja, bei den einen mehr, bei den anderen weniger.

Kaum fühlt man sich irgendwo wohl, ist er auch schon da. Der berühmte Wohlfühlständer. Und man ist so elendig machtlos dagegen. Ja, die Macht der Natur. Wer kann sie schon verstehen? Vor allem die männlichen Rituale der Stärke. Wer erinnert sich nicht daran, wie man prahlend und angeberisch vor den anderen Geschlechtsgenossen steht, wenn man eine ultimative sportliche Leistung erbracht hat? Seinen Bizeps mit ihnen vergleicht, und manche auch zum Schwanzvergleich antreten. Ja, liebe Frauen, wundert euch nicht, wenn ihr das lest. Männer sind so und werden immer so bleiben! Eigentlich ein Missbrauch der Evolution, eben auch ein universaler Witz, der sich aber selbst verdammt ernst nimmt. Ich wurde von solchen Ritualen ausgeschlossen und weigerte mich auch innerlich, dabei mitzumachen, mich anzubiedern.

Mit einsetzender Pubertät begann ich mich durch eine Arbeitsgemeinschaft in der Schule für Badminton zu interessieren. Meldete mich prompt mit Dennis, einem heute vergessenen alten Freund, in einem Verein an. Überhaupt Dennis. Er war eigentlich der Einzige, der von der Fünften an ein wahrer Freund war und mich oft zum »Super Nintendo«-Spielen besuchte. Er war ein schüchterner Junge. Irgendwie immer noch in der Kindheit verhaftet. Selbst in der Neunten dachte er nur an Kindereien. Eigentlich bewundernswert, aber andererseits mit zunehmendem Alter nicht gerade der interessanteste Weg.

Jeder, der sich an seine Kindheit erinnert, wird sich in diesem Moment gewiss auch einer vergessenen Freundin oder eines Freundes bewusst. Eigentlich ist man ja selbst ein vergessener Freund auf den verschlungenen Pfaden des anderen Lebens. Aber zurück zum Badminton.

Wir taten unser Bestes und machten wohl eine sehr belustigende Figur, wie ich es dem breiten Grinsen meines Trainers entnehmen konnte. Aber als mir mit zunehmendem Probetraining immer mehr glückte, begann ich Ehrgeiz zu entwickeln. Ich trainierte zwei- bis dreimal die Woche, und die Kilos purzelten nur so. Ich wurde rank und schlank. Meine Mom stellte unsere Kost auf Mediterranes um. Da wir mittags meist alleine zu Hause waren oder nur meine Oma bzw. Cousine mitaßen. Mein Vater kam erst um sechs Uhr abends mit meinem Bruder von Frankfurt nach Hause. Kai war mittlerweile Geselle des Fachs Elektrik. Er und mein Vater waren die ausführenden Organe. Meine Mutter das organisierende Hirn unseres kleinen Unternehmens, das sich nach unserem Umzug in die Oberstadt gut als Subunternehmen im Frankfurter Raum behauptete und gutes Geld einbrachte. Auf einmal wog ich nur noch 63 Kilo bei einer Größe von 174 cm. Waschbrettbauch, drahtig und sehnig stellte sich mir mein Spiegelbild entgegen. Ich war so stolz auf mich und begann auch ein wenig eitel zu werden, was sich durch meine Besuche in einem Bräunungsstudio niederschlug. Von nun an kam noch zweimal die Woche ein volles Bräunungsprogramm dazu. Aber schön heißt ja nicht auf einmal blöd! Wie die Damen es nachvollziehen können. Der Tuntentoaster kann auch der beste Freund des Mannes sein.

Das verbesserte Aussehen steigerte mein Selbstbewusstsein immer weiter. Meine Noten stiegen mit meinem Aussehen. Ich war der Beste meiner Klasse, abgesehen von Mathe natürlich. Da langte es nur zu einer Drei. Was mich in der achten Klasse langsam zu beunruhigen begann, da ich in einen Kurs für bessere Mathematiker wechseln wollte. Dieser sogenannte A-Kurs war für Hauptschüler mit Note Zwei oder besser vorgesehen, um sie auf das zehnte Schuljahr vorzubereiten. Im Englisch-A-Kurs war ich bereits seit der sechsten Klasse und hatte grundsätzlich eine Eins, ohne viel zu tun. Aber fürs Erste verdrängte ich diese Angst.

Ein Mädchen begann verstärkt meine Aufmerksamkeit zu erregen. Durch Diana, eine Grundschulfreundin, lernte ich Nelly kennen. Nelly war zwei Jahre älter als ich, und sie gefiel mir direkt. Etwa meine Größe und eine schöne frauliche Figur. Und sehr große, tiefe, braune Augen. Nelly und ich verbrachten die ersten Tage, die wir uns kannten, zumeist noch mit Diana. Was sich später aber auch erledigte, da sie sich einen acht Jahre älteren Kerl geangelt hatte. Nun ja, Nelly und ich verbrachten bald jede freie Minute miteinander und telefonierten meist abends noch. Nur in der Schule nahmen wir etwas Abstand voneinander, was aber auf ihr Betreiben entstand.

Eines Abends, es war der Tag des EM-Endspiels 1996, kam Nelly zu mir nach Hause. Wir unterhielten uns und schauten das Fußballspiel. Wir lagen auf meinem Bett, was völlige Normalität war. Doch an diesem Abend war etwas anderes im Gange. Wir hatten schon oft Händchen gehalten oder rumgealbert, ohne es ernst zu nehmen.

Doch als wir eine Kissenschlacht machten und uns durchs Bett wälzten, geschah es. Ich lag auf einmal auf ihr, ihr Gesicht nahe an meinem, und ich begann langsam ihre Wangen zu küssen, bis ich an ihrem Mund angelangt war. Wir begannen uns zu küssen, der erste Kuss meines Lebens. Ihre Lippen waren sehr weich, und wir küssten uns behutsam und voller innerer Spannung. Meine Lippen hauchten sanft über ihre, und unsere Münder öffneten sich fast gleichzeitig. Wir glitten in einen langen Zungenkuss über, die Zeit schien stillzustehen, alles war, wie es sein sollte. An jenem Abend, als ich Nelly verabschiedete, spürte ich zum ersten Mal ein leichtes Kribbeln in meiner Magengegend. Vielleicht Verliebtheit?

Aber ich denke, mehr Stolz, dass ein zwei Jahre älteres Mädchen auf mich stand. Von solch einem Punkt an platzt man fast vor Stolz. Man ist der König der Welt nach seinem ersten Kuss und könnte Berge besteigen. Jeder Junge fühlt sich so, egal ob hübsch oder hässlich, dick oder dünn.

Die folgenden drei Monate waren ein Rausch. Ich begab mich auf Entdeckungstour über den weiblichen Körper. Und sie ebenfalls über den männlichen. Alles begann langsam mit verstärktem Knutschen und Vortasten unter den Pulli. Zum ersten Mal fühlte ich die Wärme einer weiblichen Brust. Es war fantastisch. Als ich sie zum ersten Mal mit freien Oberkörper sah, konnte ich mich kaum halten. Wir tasteten uns von Tag zu Tag weiter vor, erforschten unsere Körper. Und bald fanden wir uns nur noch mit unserer Unterwäsche vor. Sie in einem blauen Slip und ich in einer schwarzen Boxershorts. Wir küssten und rieben uns aneinander und begannen in unsere Unterhosen vorzudringen.

Als ich zum ersten Mal zwischen ihre Schenkel mit meiner Hand fuhr, zitterte ich am ganzen Körper. Ich streichelte sie sanft und spürte ihre Feuchtigkeit. Sie nahm meinen Schwanz in die Hand und begann mir langsam einen zu wichsen. Und bald schob sie meine Hand von ihren Schenkeln weg und konzentrierte sich ganz auf mich. Sie begann mir langsam einen zu blasen, bis ich kam. Es war ein fantastisches Gefühl. Man kannte einen Orgasmus ja sonst nur von der eigenen Handarbeit. Aber weiter gingen Nelly und ich nicht mehr.

Es hielt noch ein paar Wochen, dann trennten wir uns. Ich kümmerte mich mehr um die Schule als um sie, und Nelly stand vor ihrem Schulabschluss. Wir sahen uns höchstens in der Schule und ab und zu noch privat. Wir hatten irgendwie das Interesse aneinander verloren.

Ich war nach wie vor hungrig nach Erfolg, und ich muss zugeben, durch die erste Erfahrung mit einer Frau auch hungrig auf andere Frauen. Ich glaube, wir spürten es beide. Sie suchte nach einer Beziehung und ich nach freier Entfaltung.

Die Frauen mögen jetzt denken: »Typisch Mann!« Mag sein. Jedoch, wer will sich mit vierzehn als junger Kerl auf eine Beziehung einlassen, ohne eine Definition davon zu haben? Das gilt auch für junge Frauen. Man nimmt heutzutage eben nicht den oder die Erste, die man kennen lernt!

Der erste Rausch

Es war eine private Party bei meinem Kumpel Steffen. Seine Eltern besitzen ein Café in meiner Heimatstadt. Niemand sollte ahnen, dass es das heftigste Saufgelage werden sollte, das Jugendliche illegal inszenieren können. Alex, mein Nachbar, und Obi, einer seiner Kumpels, der mir während meiner Mainzer Zeit noch ans Herz wachsen sollte, trafen sich vor meiner Haustür und holten mich ab. Wir hatten heimlich eine Flasche Metaxa und eine Flasche Mariacron entwendet. Ich wusste damals noch nicht, wie sehr mich Maria verfolgen sollte, bis ich Jack traf. Wir trafen etwa gegen 20.00 Uhr im Café ein. Es war schon einige »Prominenz« versammelt. Steffen, der Hausherr, seine Eltern waren an jenem Abend aus, sein Cousin Christian, Sohn eines reichen Schrotthändlers, Schulz und Steffi, Marvin, Sohn eines städtischen Bäckers und alter Spielkamerad von mir. Ebenso seine damalige Freundin Anna-Kathlen, die Tochter einer damaligen Lehrerin, sowie Jane, das erste sexuelle Erlebnis meines Kumpels Christian Wolf. Die er auf einer Bank in einer Grillhütte flachgelegt hatte. Wohlgemerkt, es gibt zwei Wolfs, ein großer und ein kleiner. Dieser kleine Wolf, der Jane flachgelegt hatte, war an jenem Abend nicht anwesend, er hatte Hausarrest. Der große Wolf war anwesend. Ebenfalls Stoffy, einer derjenigen, der zu meinem besten Kumpel über die nächsten Jahre werden sollte. Alles begann langsam, wir nahmen ein, zwei Asco zu uns und holten die Schlagerplatten raus. Mit jedem Glas wurde die Stimmung gehobener. Ich meine, es waren noch mehr Leute anwesend. Doch es ist schwierig, nach über acht Jahren noch alles zu wissen.

Dann kam die Überraschung des Abends. Es gab Ascoeis. Eine eigene Kreation von Stoffy und Steffen. Wir schlangen es begierig herab, der pure Alkohol lief aus unseren Eiswaffeln. Es schmeckte süß und bitter zugleich. Brannte in unseren Kehlen.

Zum ersten Mal in meinem Leben spürte ich das Pulsieren der Nacht in meinen Adern. Unter deren Mantel alle Gestalten schemenhaft werden, alles erlaubt ist. Alkohol setzt die Triebe und das Verlangen frei. Anna-Kathlens Blicke und meine zogen sich gegenseitig an. Wir unterhielten uns, so gut wir es noch konnten, eine lange Zeit miteinander. Marvin kümmerte sich kaum um sie. Pure Verschwendung bei einer so schönen Frau. Zwei Jahre älter als ich, lange braune Haare, große braune Augen, schlank und eine nicht zu verachtende Oberweite. In einem Moment der Ruhe verzogen wir uns auf die Toilette, wir fingen an hemmungslos zu knutschen, unsere Hände erforschten unsere Körper. Ich massierte sanft ihre schönen Brüste. Doch der absolute Killer jeder Erotik kam in uns hoch, dass pure Erbrechen. Der Schnaps suchte sich bei jedem von uns im selben Moment den Weg nach draußen. Wir kotzten uns in zwei verschiedenen Toilettenhäuschen die Seele aus dem Leib. Das Letzte, woran ich mich erinnere, war, dass mich Alex und Obi aus dem Café trugen. Unsere Putzfrau las die kleine Gruppe von Möchtegernmännern in der Nacht auf und fuhr sie nach Hause.

Zeitlose Egoisten (Falco forever)

Es lag Stille im Dunkel meines Zimmers, nur der Fernseher warf mattes Licht auf mein Gesicht. Eine eindringende Stimme schwelte durch meinen Kopf. »Muss ich denn sterben, um zu leben?« Eine tiefe Begeisterung umfasste mich wie ein Mantel der Klarheit.

Die letzten Szenen des Videoclips waren ausgelaufen, der soeben noch ausgestrahlt wurde. Wie ein Donnerschlag trat Falco in mein Leben. Schlagartig erinnerte ich mich an 1986. Ich sehe mich wieder als kleiner Knirps am Klavier sitzen und seinen Nummer-Eins-Hit in Amerika imitieren. Es war »Rock me Amadeus«. Ich sprang wie ein Wilder vor dem Klavier herum und drosch auf die Tasten ohne die kleinste Ahnung, wie dieses Instrument funktioniert. Meine Tante musste mich fast gewaltsam vom Klavier entfernen, da es ihr doch ziemlich auf den Keks ging. Eigentlich habe ich nie viel von deutschem Rap bzw. Hip-Hop gehalten.

Der Stil, die Kleidung widerten mich an. Wie kann ein Mann seine Hose unter den Knien tragen, ohne auszusehen wie frisch beim Wichsen erwischt? Aber am meisten ekelte mich das Benehmen dieser Szenen an, und dies ist teilweise auch heute noch so. Es mag auch in der Hip-Hop-Szene, wie in jeder anderen, solche und solche geben, doch die meisten, die mir begegneten, waren einfache Proleten. Ein schlechter amerikanischer Abklatsch. Doch Falco war anders. Edel, elegant und ein großer Poet. Im Prinzip waren alle seine Songs hervorragende Lyrik. Und mit Aussagekraft. Obwohl er ja eigentlich nie was aussagen wollte. Wie der Jeanny-Skandal 1986, als man ihm Verherrlichung einer Vergewaltigung oder sogar Lustmord vorwarf. Elendes Spießbürgertum.

Falco, ja das war jemand, ein Idol. Eiskalt und arrogant nach außen, ohne sich einen Dreck um andere zu scheren. Ein fantastisches Vorbild für einen Vierzehnjährigen? Idole sind wichtig in der Pubertät, wenn man seine eigene Identität noch nicht gefunden hat. Man braucht jemanden, in dem man sich wiedererkennt. Ich begann alles über Falco zu lesen und entdeckte seine weiche Seite. Hans Hölzel, ein zutiefst sensibler und unsicherer Mensch, der sich hinter der Maske des Falken verbarg. Zum ersten Mal erkannte ich mich in jemandem wieder. Ich war auch noch nicht selbstbewusst genug, um zu spüren, dass mich die Leute meines Charakters wegen akzeptieren würden. Dies habe ich erst in den letzten anderthalb Jahren begriffen.

Ich begann einen langen schwarzen Stoffmantel im Winter zu tragen. Zog meist nur noch Hemden und schicke Hosen an. Baute mir meine eigene Kunstfigur. Eine Maske, die mich beschützen sollte. Meine Gestik und Mimik änderten sich, ich lernte mit Händen und Augen eine Botschaft zu vermitteln. Auch entwickelte ich eine Vorliebe für bitterbösen Sarkasmus, Ironie und Zynismus. Diese entwickelte sich durch die lange Anfeindung meiner Klassenkameraden, für die ich bald nur noch Verachtung übrig hatte. Meine männlichen Kollegen verehrten zumeist Fußballer. Ich hingegen einen Künstler.

Und irgendwie wirkte diese Metamorphose. Man begann mich im Klassenverband zu akzeptieren, brachte mir wegen meiner guten Noten, aber auch durch meine neue Identität Respekt entgegen. Ich legte sogar jede Scheu gegenüber Mädchen ab. Ich ging nie auf welche zu, sie kamen zu mir. Dieses ruhige, schöne Zeit währte die ganze achte und die halbe neunte Klasse hindurch. Ich schaffte es auch endlich, auf den letzten Drücker in den Mathe-A-Kurs zu gelangen. Doch es war verdammt knapp. Ich brach fast unter Tränen zusammen, als Herr Kimpel mich erst nicht dorthin lassen wollte.

Ich sah meine ganze Zukunft, meine Pläne den Bach runtergehen. Ich habe wohl verdammt bemitleidenswert ausgesehen damals. Flehend, weinend und zitternd. Aber er drückte ein Auge zu und ließ mich ziehen. Ich bin diesem Mann heute noch zu Dank verpflichtet, sonst wäre es noch nicht mal möglich, dieses Buch zu schreiben, da ich die nötigen Fähigkeiten nicht besitzen würde. Ich hatte im ersten Halbjahr der neunten Klasse fast nur Einsen und Zweien.

Doch Mathe stand wie gesagt auf der Kippe, es wäre für mich das totale Desaster gewesen, wenn ich es nicht geschafft hätte. Ich war trotz dieser Peinlichkeiten, die meiner Versetzung in den A-Kurs vorangingen, im Himmel auf Erden. Endlich war der Tag gekommen, die Versetzung in die 9 v stand an.

9 v bedeutet Vorbereitung auf das zehnte Schuljahr. Es kamen auch ein paar neue Gesichter in unsere Schule. Die Hauptschüler aus Höhn wurden nach Westerburg versetzt, um mit uns diese Herausforderung zu bestehen. Aber dunkle Wolken trübten mein Glück. Es kamen üble Gerüchte über mich hoch.

Schwul oder nicht schwul?
Das ist hier die Frage!

Die 9 v war fantastisch. Endlich Harmonie, um konstruktiv zu arbeiten, ohne die Unreife meiner vergangenen Mitschüler. Aber irgendwer hatte das Gerücht in die Welt gesetzt, dass ich schwul sei. Und es gibt nichts Schlimmeres für einen jungen Heteromann, als dass seine Männlichkeit in Frage gestellt wird. Meine Geschlechtsgenossen begannen mich zu meiden und wieder fies von der Seite anzumachen. Ich sah mich noch größerem Terror ausgesetzt als zur Zeit meines Übergewichts. Da es zwei Vorbereitungsklassen gab, konnte ich den Umgang mit denjenigen, die mich offensichtlich hassten, vermeiden.

Ich gab mich zumeist mit den Frauen ab, was aber im Nachhinein ein Fehler war. Ich hätte aggressiv gegen diese Unterstellungen vorgehen müssen. Doch ich zog aus Angst den Schwanz ein. Und versteckte mich mehr und mehr hinter meiner Maske. Ich hatte bereits meinen fünfzehnten Geburtstag hinter mir und die ersten Monate der Vorbereitungsklasse absolviert, als ich erfuhr, dass die beiden Vorbereitungsklassen zu einer einzigen zusammengelegt werden. Schock, Panik total. In der anderen Klasse waren die Kerle, die mich am meisten verabscheuten. Doch ich verdrängte diese Gedanken, da es erst nach den Sommerferien so weit sein sollte. Und unsere Klassenfahrt nach Norderney stand an. Diese begingen wir noch mit unseren alten Klassen.

Die Zeit dort oben war wunderbar. In meiner ehemaligen Klasse konnte es niemand vom Wissen oder vom Durchsetzungsvermögen her mit mir aufnehmen. Es war herrliches Wetter. Sonne und gute Laune ohne Ende. Es wurde mit Herrn Kimpel und Frau Hellman, die uns begleiteten, viel gelacht, getrunken und geredet. Das einzig Schlimme war, als ich erfuhr, dass Gina nichts von mir wissen wollte. Sie war schon seit Jahren in meiner Parallelklasse und heiß begehrt.

Ich hatte sie in der Vorbereitungsklasse näher kennen gelernt und sie beim Lernen unterstützt. Doch wie bei allen hübschen Frauen im Alter von fünfzehn bis sechzehn, hatte sie nur ältere Kerle im Kopf und sah mich mehr als Kumpel. Außerdem kannte sie die Gerüchte, die in der Schule über mich kursierten, und wollte ihren eigenen Ruf nicht schädigen. Es ist schlimm, dieser Kumpeltyp zu sein, gemocht, aber nicht begehrt unter Gleichaltrigen. Ich hatte zwar nach Nelly noch ein paar Erlebnisse mit Frauen, jedoch ging nichts wieder so weit. Ich war voller Hoffnung, als ich erfuhr, dass sie mich schon ganz gern hätte, aber auf Norderney wurde alles zerstört. Jasmin, mein Zimmergenosse am Meer, klärte mich auf. Ich nahm es auf dem Bett sitzend zur Kenntnis und war am Boden zerstört, und ich muss ihm danken, dass er mich getröstet hat und guten, freundschaftlichen Beistand lieferte.

Eigentlich verging die Zeit dort oben viel zu schnell und man wurde wieder in den Alltag gerissen. Aber die Kirmessaison stand an. Dies war auch die Zeit, in der das Trinken mehr und mehr Besitz von mir ergriff.

Erstes Mal
(Doktor Sommer lässt grüßen)

Die Sommerferien begannen, und ich blickte mit Freude, teils mit Angst auf die bevorstehende zehnte Klasse. Ich würde allen Kerlen begegnen, die mich hassten. Doch ich verdrängte die Gedanken, es waren noch sechs Wochen Zeit. Wir begingen die erste Ferienwoche mit der Secker Kirmes. Ein Großereignis in jedem Jahr.

Wir trafen uns bei Lukas, einem Freund von Alex und Obi. Ich hatte mich mehr und mehr den um ein Jahr älteren Gymnasiasten angeschlossen. Auch aus dem Grund, dass ich keine Lust hatte, eine Freundschaft mit Leuten aus meiner eigenen Schule aufzubauen. Das Ganze beruhte wahrscheinlich auch auf Gegenseitigkeit. Außerdem gab es auf dem Gymnasium die hübscheren Frauen. Wie waren in Lukas' Elternhaus mit etwa zehn Leuten versammelt und bauten zusätzlich ein Zelt im Garten auf, um darin zu nächtigen. Die nächsten Stunden vergingen wie im Fluge. Wir betranken uns mit Bier und Apfelkorn, legten Achtzigerjahre Hits und Schlager auf. Gegen 22.00 Uhr bereiteten wir uns vor, um auf die Kirmes zu gehen. Ich füllte in eine halbvolle Literflasche Mariacron noch einen halben Liter Cola und packte mir Maike, eine hübsche junge Blondine, um auf die Kirmes zu gehen.

Wir leerten auf dem Weg die Flasche bereits zur Hälfte. Wenn ich mir überlege, was ich in den Jahren von 15 bis 18 vertragen habe und mich heute ansehe, wundere ich mich immer noch. Man stand morgens ohne Kopfschmerzen und Kater auf. Doch wenn ich jetzt mal einen trinke, bin ich zwei Tage krank. Mehr dazu später.

Die letzte Hälfte der Flasche wurde auf dem Platz vor dem Zelt gekillt. Die nächsten Stunden sind mir mit der Zeit entfallen. Soweit ich mich erinnere, verbrachte ich sie mit ein paar Kumpels an der Theke. Erst als ich gegen zwei Uhr wieder bei Lukas »einfiel«, wird meine Erinnerung wieder klarer. Erst mal legte ich mich für 'ne Stunde in die Kiste, bis man mich weckte. Gerrit, ein guter Freund meines Bruders, war bei Lukas für die Nacht untergekommen. Er weckte mich und zerrte mich fast aus dem Bett. Wir saßen noch mit zwei anderen Kerlen zusammen, mir ist leider entfallen, wer es war.

Und ein Mädel war noch dabei, sie hieß Kati und stand eigentlich auf Alex. Ich hatte sie zwei Wochen vorher auf einer Disco rundgemacht, weil sie ihm auf den Nerv ging. Sie war eigentlich weder schön noch hässlich. Etwas größer als ich und schon eine recht ansehnliche Figur. Jedoch zeigte ihr Gesicht weder den Ausdruck klassischer Schönheit noch Intelligenz. Um es nett zu formulieren.

Wir machten uns also mit fünf Leuten über eine Flasche Jack Daniels her, um auch den letzten Rest von Menschlichkeit aus uns rauszuhauen. Bis Gerrit eine nette Idee kam. Er sagte zu Kati: »Ich wette, du traust dich nicht, mit Fucki ins Zelt zu gehen, um zu ficken!« Man muss bemerken, Gerrit ist ein Jahr älter als mein Bruder, und in diesem Alter, damals etwa 24, fiel ihm so ein Spruch natürlich leicht. Sie schaute ihn erst erschrocken an, doch dann entgegnete sie: »Und ob!« Ich schaute aus meiner berauschten Birne nach oben und guckte ungläubig in die Runde: »Na servus, von mir aus!«

Sie packte mich an der Hand, und wir gingen gemeinsam in das Zelt im Garten. Alex und Obi schlichen frisch erwacht um das Zelt und schmissen noch eine Flasche Sekt und ein Gummi ins Zelt. Mit der Zeit ging es darin richtig zur Sache. Doch irgendwann versagte mein Geist. Erstens, unter Alkoholeinfluss ist Sex enorm schwierig, weil es extrem lange dauert, zweitens ermüdet man mit der Zeit.

Und so geschah es mir, dass ich vor meinem ersten Orgasmus in einer Frau glatt einschlief und sie mich mit einem »Mach weiter!« aufweckte. Der Rest der Nacht ist mir bis heute noch schleierhaft. Ich weiß nur noch, dass ich am nächsten Morgen neben Hölper und anderen Kerlen in Lukas' Gästebett aufwachte und Hölper sich lautstark über meine Fahne beschwerte. Ich ging raus in den Garten und schnappte mir eine Flasche Wasser und grinste den Rest der Gäste an. »Und gibt's was Neues?« Ich wusste, die nächsten Monate werde ich keine Ruhe haben. Mein erstes Mal vollzog sich in der Öffentlichkeit. Das war wirklich eine fantastische Geschichte für den Schulhof. Eben Showtime zur Primetime.

Die zehnte Klasse

Ich hatte verdammten Schiss an jenem Spätsommermorgen. Heute war der erste Tag in der zusammengewürfelten zehnten Klasse. Wir kannte uns ja schon fast alle aus den Vorbereitungsklassen. Ich platzierte mich in der ersten Reihe, um ja nicht in die Nähe der anderen Trottel zu kommen. Meine Sitznachbarin und zu der Zeit auch noch sehr gute Freundin war Anja. Dazu kamen noch Tina, Inka, Birthe und Verena. Die einzigen männlichen Kollegen, mit denen ich auskam, waren Tim und Daniel. Dagegen saßen die Volltrottel, ich zähle sie mit Vergnügen auf: Senad, Stefan, Marcel und Fabian, in der letzten Reihe.

Marcel und Fabian waren reine Mitläufer, die nie genug Mumm hatten, ihre eigene Meinung zu vertreten, sondern immer nur Stefans und Senads Kurs folgten. Diese zwei hassten mich, aus welchen Grund auch immer, wie die Pest. Und verkündeten immer noch frohen Mutes meine angebliche Homosexualität. Es ist immer schwierig, über so etwas hinwegzusehen. Einmal kam es sogar fast zu einer Schlägerei zwischen Senad und mir. Sie hatten mich so bis aufs Blut gereizt, dass ich fast in den Wahn verfiel. Nun gut, die Feindseligkeiten zogen sich über die ersten drei Monate der Zehnten hinweg. Bis die Herren langsam begriffen, dass der angebliche Homo doch ein sehr interessantes Wochenendleben führte. Man begegnete sich immer auf Partys und in diversen Discos. Grundsätzlich waren wir immer mit mehreren Leuten unterwegs, und es bestand eigentlich auch nie ein

Mangel an weiblicher Begleitung. Zweitens schloss ich fast alle meine Arbeiten mit Eins ab. Und desto höher stieg ihr Neid, da sie nur mittleres Talent besaßen.

Also versuchten sie, von meinen Leistungen zu profitieren. Und ich erkaufte mir meine Ruhe in der Klasse durch ein geregeltes Abschreiben. Eigentlich hätte ich mich weigern sollen, jedoch waren meine Nerven nach über einem Jahr Psychokrieg am Ende. Man hatte sich auf einen verschwiegenen Waffenstillstand geeinigt. Ich war so froh, endlich meine Ruhe zu haben.

Ich glaube, Jugendliche, die heute unter denselben Beschuldigungen oder noch schlimmeren leiden – wobei ich anmerken muss, dass meiner Meinung nach Homosexualität etwas völlig Normales ist und jeder leben soll, wie er will –, können dieses Glück nachvollziehen.

Doch meine Ruhe hielt nur ein paar Monate. Anja, meine zur damaligen Zeit beste Freundin, begann sich gegen mich aufzulehnen. Sie kam in der Neunten von der Realschule in meine damalige Klasse und wurde neben mir platziert. Wir arbeiteten vom ersten Tag an gut zusammen und teilten uns sogar die Schreibarbeit der Spickzettel. Ich weiß nicht, wie unser Konflikt entstanden ist. Ob es ihre Eifersucht war? Oder sonstige niedere Beweggründe? Wir stießen auf jeden Fall immer heftiger zusammen, was sich darin zeigte, dass wir unsere Sitzplätze wechseln mussten.

Sie konnte ihre Leistungen gerade noch bis zum Ende der zehnten Klasse retten. Doch nachdem sich unsere Wege getrennt hatten, zeigte sich bei ihr ein deutlicher Abfall. Das war für mich Bestätigung genug, um sagen zu können: »Mädel, ich habe dich durch die neunte und zehnte Klasse gebracht, also sei nicht undankbar.« Das war starker Tobak, als ich das vor versammelter Klasse zu ihr sagte. Selbst Frau Schreiner konnte mich nicht beruhigen, solch einen Tobsuchtsanfall hatte ich.

Frau Schreiner, an sie erinnere ich mich ebenfalls gerne. Eine kleine resolute Person mit rotblonden Haaren und einem stechenden Blick. Sie ging immer mit eisenharter Autorität an die Dinge heran. Ich erinnere mich an einen blauen Oberarm, den sie mir während eines kleinen Schwätzchens mit Tina in der Stunde zufügte. Sie war auch sonst nicht zimperlich mit uns pubertärem Pack. Aber sie war immer herzensfroh und hatte ein offenes Ohr für Probleme.

Nachdem ich das Problem Anja beseitigt hatte, sah ich meinen letzten entspannten zwei Monaten auf der Hauptschule entgegen und verließ sie mit einem Notendurchschnitt von 1,2. Ich war stolz ohne Ende, und am selben Abend fuhren der kleine Wolf, Stoffy und ich zur Langenhahner Kirmes, um den Erfolg kräftig zu begießen. Ich verbrachte den Abend nebenbei noch in angenehmer weiblicher Gesellschaft. Ich erinnere mich noch an einen witzigen Dialog zwischen Stoffy, dem kleinen Wolf und zwei Polizisten, die irgendeine Schlägerei geschlichtet hatten.

Stoffy: »Ey, könnt ihr uns heimfahren?«

Polizist: »Nein, ist uns leider nicht gestattet!«

Wolf: »Müssen wir erst einen umhauen, um mitgenommen zu werden?«

Polizist: »Muss schon was Schwerwiegenderes sein!«

Wolf: »Komm, wir hauen einem auf die Fresse, dann kommen wir günstig nach Hause!«

Na ja, es war im Prinzip nur Spaß. Er hätte nie jemanden grundlos aufs Maul gehauen. Doch die Polizisten schauten nicht gerade sehr amüsiert.

Kurz nach diesem ersten Wochenende in neu gewonnener Freiheit bewarb ich mich für das Wirtschaftsgymnasium, um endlich den lange angestrebten Traum vom Abitur wahrzumachen.

Kirmesburschen Westerburg
(Ihr könnt uns alle mal)

Über die Kirmesburschen Zeit würde es sich eigentlich lohnen, ein eigenes Buch zu schreiben. Wir haben so viel miteinander erlebt. Schöne, aber auch schlimme Dinge. Aber jetzt in der Rückschau muss ich zugeben, dass diese vier Tage im Jahr immer zu den besten meines Lebens zählen werden. Es gibt bestimmt nur wenige, die so viel Spaß miteinander hatten. Alles begann im Jahr 1997. Eigentlich 1996, aber ich rechne erst ab dem Tag, an dem wir unsere Trikots bekamen.

Die Idee, eine Kirmesjugend zu gründen, entsprang den Köpfen von Ike und Marvin. Jedoch wollten sich uns keine Frauen anschließen. Es gab auch sehr wenig brauchbares Material, also blieben wir schließlich bei Kirmesburschen. Es gab in Westerburg seit gewiss zwanzig Jahren keine Gruppierung dieser Art mehr. Es bestand und besteht zwar eine Kirmesgesellschaft, jedoch ist uns diese schon immer zu traditionell und steif erschienen. Wie alles andere in Westerburg.

Wir wurden zwar offiziell Mitglieder dieser Vereinigung, aber interessierten uns eher selten für ihre Belange. Im Vordergrund stand bei uns immer nur die Sauferei und die Aussicht, möglichst viel Unsinn zu machen. Ein richtiger Kirmesbursche benötigt natürlich diverse Grundvoraussetzungen. Man braucht ein Fußballtrikot mit Spitznamen und Nummer. Ich trug natürlich Fucki über der Brust und als Nummer die 69. Die genaue

Bedeutung dieser Nummer muss ich wohl nicht schildern! Sie geht auf jeden Fall in den Oralsexbereich. Aber wichtiger als jedes Trikot ist die Einstellung und die Kondition. Es ist nämlich extrem hart, vier Tage exzessiv durchzusaufen.

Man könnte es auch als Prüfung für den eigenen Körper bezeichnen. Doch am wichtigsten ist der Wille, vier Tage sich mit nichts anderem zu beschäftigen als mit diesem Ereignis. Sein Leben für diese Tage nur unter den Geist der Gemeinschaft und des Alkohols zu stellen. Alles andere muss in den Hintergrund treten.

Wir waren genau elf Mann am Anfang. Mein Gott, was haben wir gesoffen. Die erste Kirmes mit Trikots startete im August 1997. Wir trafen uns zum Ansaufen beim kleinen Wolf im Garten. Und man sah nur Flaschen samtbrauner Flüssigkeit, die uns magisch anzogen. Ich weiß nicht, wie viele Flaschen Maria wir tranken, bevor wir auf die Kirmes gingen. Auf jeden Fall tranken wir sie später nur noch pur mit Eis. Danach zogen wir, komischerweise noch aufrecht gehend, grölend durch die Stadt. Ein paar Tage später hörte man öfter die Worte »rechtsradikaler Schlägertrupp«. Ich bezweifle, dass wir solche Parolen gebrüllt haben, aber von der Lautstärke und der Obszönität kann es durchaus passen.

Auf der Kirmes angekommen, zogen wir grölend in das noch leere Zelt. Ich darf bemerken, es war erst 20.00 Uhr. Nach dem ersten roten Körbchen (50 Bier) bestiegen wir das Riesenrad. Marvin und ich teilten uns eine Gondel. Nach ein paar Runden kotzten wir fast gleichzeitig hinunter. Ob wir jemanden getroffen haben? Das ist mir heute, und war es damals schon, scheißegal. Der

Spaß zählte. Als nächstes wurde der Autoscooter aufgemischt. Ike hob sich besonders darin hervor, einen fast von der Fläche zu werfen. Und das meiste Geld von uns allen auszugeben.

Die nächsten Tage verliefen wie im Rausch. Na ja, wir waren ja auch durchgehend in diesem Zustand.

Aber es sollte noch sehr dramatisch werden. Die erste Kirmes für mich begann mit einem blutigen Verbrechen. Nach altem Brauch trifft man sich montags morgens bei Hanjer's zum Frühschoppen, um dann am Zug durch die Stadt teilzunehmen. Da wir Sonntagnacht noch gleichzeitig in Montabaur auf der Kirmes waren, sahen wir ziemlich zerbeult aus, waren aber doch recht frisch, wenn man von der ständigen Fahne absieht.

Zwei von uns fuhren unter Standgas alle nach Montabaur. Die Namen behalte ich lieber für mich. Jedenfalls waren wir wieder heil angekommen, in unseren Kirmeskittel mehr gefallen als geschlüpft und ab zu Hanjer's. Die ersten Biere schmeckten schon wieder. Nach drei Tagen Dauersuff merkt man eh nix mehr. Der Zug fing an, und wir trabten gemächlich mit, bis wir bei Jansens angelangt waren, wo es Klaren gab. Tommy hätte es lieber unterlassen sollen, ihn hinunterzukippen. Fünf Minuten später fiel er aus einem Gebüsch und sah recht erleichtert aus. Über eine Brücke kotzen macht ja bekanntlich Spaß. Der nächste Weg führte uns zum Café von Steffens Eltern. Wir nahmen dort von nun an jedes Jahr unsere Kirmes Ellys (große Stofftiere) in Empfang. Am Kirmeszelt angekommen, gab es die erste feste Nahrung seit Stunden, wenn man vom laufenden Nierengulasch- und Currywurst-Pommes-Konsum absieht. Heiße

Würstchen und Brötchen gaben einem allmählich wieder etwas Kraft, um weiterzutrinken. Diese wurde natürlich direkt wieder am Boxautomaten und beim Autoskooter versucht. Aber der Tag sollte grausam beginnen. Steffens Vater wurde von einem Albaner niedergestochen und musste ins Krankenhaus abtransportiert werden. Er hatte Glück, das Messer verfehlte seine Lunge haarscharf. Ike und ich rannten ihm noch hinterher, doch wir bekamen ihn nicht zu fassen. Wären wir nüchtern gewesen, hätte die Sache anders ausgesehen. Doch unsere Beine trugen uns nicht mehr schnell genug. Das war unser Glück und auch das Glück des Albaners. Hätten wir ihn erwischt, wäre er, glaube ich, am Kirmesbaum aufgehangen worden. Unter dem grölenden Jubel der Menge. Und wir hätten unsere ersten Vorstrafen kassiert. Er wurde aber später geschnappt. Doch leider wurde meines Wissens nach der Strafantrag zurückgezogen. Steffens Eltern wurden bedroht. In den Drohungen wurde erwähnt, dass man gegebenenfalls ihr Café anzünden wollte. Ich kann die Angst verstehen, die einen dann trifft. Ich hätte in dieser Situation das Gleiche getan.

Doch die lustigen Ereignisse wiegen die schlimmen bei weitem auf. Sei es, dass Ike's zerrissene Jeans eines Morgens am Leuchter im Kirmeszelt hing, ich einen Salto rückwärts vom Kirmestisch machte, ohne mich zu verletzen, Stoffy eine Stunde mit dem Taxi durch die Gegend fuhr, ohne am nächsten Tag zu wissen, wo er genau war, oder dass wir eine Raupe durch die Innenstadt Montabaurs machten.

Eigentlich ist alleine diese Zeit der vier Kirmestage im Jahr es wert, in einem einzelnen Buch Erwähnung zu finden. Doch es bedarf dafür noch einer ganzen Menge Arbeit. Ich werde bestimmt in späteren Jahren dieses Buch verfassen, wenn die Ereignisse noch weiter zurückliegen und man mal wieder alle an einen Tisch holt, um Erinnerungen auszutauschen.

Auch unsere zwei Weinfeste in Cochem dürfen nicht vergessen werden. Genauso wie das Junggesellenfest in Alzey. Doch ein paar Ereignisse werde ich später noch ausführen. Sie sind einfach zu komisch, um sie zu verschweigen.

GYWV 98/A (Abizeit)

Wenn ich heute zurückblicke, drei Jahre nach meinem Abi, muss ich vielleicht doch einigen Gerechtigkeit wiederfahren lassen, die ich früher verurteilte. 1998 begann meine Zeit am Wirtschaftsgymnasium Westerburg.

Es trafen so viele, sich fremde Menschen auf einmal zusammen. Mich wundert es heute noch, dass wir es doch geschafft haben, in gewisser Weise zu einer homogenen Masse zu verschmelzen. Jedoch ohne feste Bande der Freundschaft zu knüpfen. Am ersten Tag des neuen Schuljahres trafen etwa 30 Personen in dem ihnen zugewiesenen Raum ein, um sich zu beschnüffeln. Ich wusste bis dahin nur, dass mein neuer Klassenleiter Thomas Scholz hieß.

Eigentlich war ich etwas geschockt, als ich ihn zum ersten Mal sah. Etwa 1,90 m groß, eine bis zu den Schultern reichende rotblonde Mähne und bärtig. Seine Kleidung war auch nicht gerade überragend. Mein erster Gedanke: »Scheiße, ein Öko!« Doch ich sollte mein Urteil in den nächsten Jahren ändern. Er war fair und gerecht zu jedem. Hatte zu mancher Zeit sogar den passenden Sinn für Humor. Obwohl ich mich immer noch bangend an seinen spanischen Rap erinnere. Aber seine Deutschkenntnisse waren hervorragend. Spanisch und Deutsch, das waren die Fächer, die er uns lehrte. Er hat mir auch die Mittel und auf seine Weise die Inspiration gegeben zu schreiben. Dafür muss ich mich bei ihm bedanken. Ich erinnere mich an einen Theaterbesuch mit ihm. Nathan der Weise wurde in Limburg gegeben, und er drohte uns mit riesigem Ärger, falls einer einpennt. Und wer schlief ein? Seine Frau, die uns ebenfalls begleitete. Wir konnten uns vor Lachen nicht mehr halten. Das Einzige, was mir nicht passte, war seine Ablehnung gegenüber Genussmitteln. Weder trank noch rauchte der Mann. Doch man sollte ihm dafür Respekt zollen.

Meine stellvertretende Klassenleiterin war Frau Jank. Und sie war zugleich meine Mathelehrerin. Und was noch besser war, die Mutter eines guten Freundes. Ich glaube, oder ich hoffe, dass sie nie gewusst hat, wie oft wir betrunken auf Obis Speicher saßen und was Andi manchmal für 'ne Scheiße baute. Andi, das war ein klasse Kerl. Manchmal tut es mir leid, dass ich den Kontakt zu ihm verloren habe. Jedoch Schnee von gestern. Nun hatte ich seine Mutter vor der Nase. Man kann alles über diese Frau sagen, jedoch nie, dass sie in irgendeiner Weise ungerecht war. Sie war knallhart und distanziert sowie hochgebildet zugleich.

Ich erinnere mich an ihre Worte: »Die Hälfte von euch wird das Abitur nicht schaffen!« Und sie sollte Recht behalten. Sie wurde nie geliebt, aber immer respektiert und geachtet. Das war bestimmt auch alles, was sie wollte. Ich war ein verdammt mieser Matheschüler. Kam aber immer mit meinen vier Punkten (4 minus) davon. Wie gesagt, die Mathematik hatte mich noch nie interessiert. Und diese Schule war nur mein Mittel zum Zweck. Also Augen zu und durch. Ich baute auf dieser Schule nie ein enges Verhältnis zu meinen Lehrern auf. Auf der Hauptschule war das was anderes. Man wuchs mit diesen Menschen auf und alterte mit ihnen. Eigentlich kann ich keinem Lehrer des Wirtschaftsgymnasiums etwas Schlechtes nachsagen.

Herr Denter, mein BWL-Lehrer, ein lustiger Kauz. Immer hektisch erklärend, mit vielen Abkürzungen, so dass manchmal keiner mehr eine Ahnung hatte, was es bedeutete. Er manchmal auch nicht. Doch eigentlich ein klasse Mann.

Frau Molter, meine VWL-Lehrerin, war einfach zum Schießen. Etwa 1,55 m groß, kurz vor der Rente und kettenrauchend. Sie war oftmals etwas verwirrt und wollte unseren Unterricht in der Nachbarklasse abhalten oder ein Thema, was wir in einer Stunde durchgenommen hatten, in der nächsten wiederholen.

Es gibt da eine lustige Geschichte mit Anja, die es ebenso aufs WG geschafft hatte wie ich. Sie ging jedoch nach der Elften ab. Hat aber, wie ich kürzlich erfahren habe, es doch noch geschafft, was mich sehr für sie freut. Aber damals, ich war in der Zwölften, trat Frau Molter in die Klasse, und es ereignete sich folgender Dialog.

Molter: »Wo ist denn das Fräulein Anja?«

Klasse: »Wieso?«

Molter: »Sie sollte heute noch eine Klausur nachschreiben!«

Klasse: »Sie ist vor einem halben Jahr abgegangen!«

Wir konnten uns natürlich vor Lachen nicht mehr halten. Aber sie war dennoch fachlich auf Trab und eine sehr liebe Frau.

In meiner Betrachtung darf Herr Klein nicht fehlen. Er, mein ehemaliger Sozilehrer, war der »sozialste« Mann, den ich je traf. Was man mit einem süffisanten Lächeln lesen muss. Rot gefärbt bis ins Herz, aber doch äußert angriffslustig. Seine Lieblingsphrase höre ich heute noch unter seinem donnernden Lachen in meinen Ohren: »Diese Formulierung ist aber sehr ketzerisch!«

Ketzerisch waren besonders Flo, Ela, Björn und ich. Alle in der ersten Reihe. Die ständig rummaulte.

Als letztem Lehrer muss ich meinem Herrn Stössinger Respekt zollen. Er, eine kleine, dürre, rothaarige Person, schaffte es irgendwie, auf seine ruhige und freundliche Art, alle immer zur Ruhe zu bringen. Wir diskutierten über Hegel, Buber und Nietzsche. Ich frage mich noch immer, was sein Geheimnis war. Er war keine Respektperson und keine Persönlichkeit mit allzu großem Charisma. Nur ein kleiner, stiller Pfarrer mit viel Wissen. Aber vielleicht war eben das sein Geheimnis. Ich werde es wohl nie erfahren. Aber dank ihm habe ich mein Abitur geschafft, da ich in meiner mündlichen Abiturprüfung über die Templer referieren durfte. Obwohl es nie ein Unterrichtsthema war.

In meiner Klasse lief es eigentlich immer recht harmonisch ab, bis auf diverse Alltagsreibereien. Verschiedene Pärchen bildeten sich und gingen wieder auseinander. Der Alltag eben. Doch verbunden hat mich eigentlich mit niemandem etwas. Höchstens mit Björn, meinem Banknachbarn, der mir über drei Jahre die Treue gehalten hat. Wir ergänzten uns einfach gut. Ich ein miserabler Mathematiker, aber dafür einigermaßen sprach- und redegewandt, und Björn ein hervorragender Rechenkünstler, aber grundsätzlich verwirrt. Überhaupt war er lustig. Etwas größer als ich, ein Spargeltarzan, dazu ein recht kleiner Kopf, der mit viel Wissen angefüllt war. Ich weiß nicht, wie er es die Jahre mit mir ausgehalten hat. Ich war oft unleidlich und bösartig. Jedoch hat er mich immer durch irgendetwas zum Lachen gebracht. Ich bin ihm heute noch dankbar für die Unterstützung, die er mir gegeben hat.

Oft bin ich morgens mit Widerwillen zur Schule, weil mich persönlich so wenig mit den Leuten verband. Ich war grundsätzlich immer übers Wochenende unterwegs, meist sturzbetrunken, immer neuen Unsinn erlebend. Die Welt der andern war mir völlig egal. Sie waren für mich Spießbürger, die sich an kleinen Sachen aufgeilten. Was ich ihnen auch einmal in einem Wutausbruch mitteilte: »Ihr seid niederes Volk!« Ich habe es gesagt und stehe heute noch dazu. Ich habe irgendwie immer zwanghaft den Hass der Menschen gesucht und von vielen auch erhalten. Doch wirkte sich dieser Wutausbruch in keiner Weise negativ auf mein Leben in der Klasse aus. Sie mögen mich für arrogant, eitel und überheblich gehalten haben. Womit sie Recht hatten.

Aber ich hatte auch meine guten Momente. Habe immer versucht, Menschen zu helfen, die nicht weiterkamen, jedoch nie auf meine eigenen Kosten. Ich versteckte mich damals immer noch hinter meiner Maske, welche mich auch nie die Zuneigung einer bestimmten Frau gewinnen ließ. Hier werde ich auch lieber ihren wahren Namen verschweigen, um die Privatperson zu schützen.

Sie hieß Yvonne. Sie war und ist eine hübsche, junge und vor allem intelligente Frau. Meine Größe, dunkelbraune Haare und ebenso dunkle schöne Augen und eine hinreißende Figur. Sie war eigentlich immer sehr still, jedoch von allen geliebt und geschätzt. Sie war mein Positivum, alle Seiten, die sie hatte, besaß ich nicht. Kommunikativ, aufgeschlossen.

Ich habe ab und zu versucht, privat mit ihr in Kontakt zu kommen, jedoch gelang es mir kaum. Ich hatte einfach zu großen Schiss vor einem Korb. Ich war es eben nie gewohnt, auf eine Frau zuzugehen. Eigentlich kam ich erst durch sie auf die Idee, Gedichte zu schreiben. Ich habe ein paar Gedichte für sie geschrieben, die ich jedoch nie abschickte. Es war eine Art Minnegesang an eine Frau, die für mich nicht erreichbar war.

Was ich auch über Umwege herausbekam, sie mochte mich zwar auf eine eigene Weise, jedoch war sie mit meinem Charakter und meiner Lebensweise nie einverstanden. Sie liebte das Normale. Ich hasste es. Mir war und ist es egal, ob Leute mich hassen oder lieben. Sie war auf Liebe angewiesen. Am schlimmsten kam es für mich, als ich mir eigentlich ein Herz fassen wollte. Sie kam mit einer Person aus meiner Klasse zusammen, die ich für den größten Idioten auf Erden hielt.

Andreas war etwa 1,90 m groß, spindeldürr, keinen Arsch in der Hose und so eloquent wie ein Stück trockenes Brot. Ich dachte bei mir: »Was will sie mit so einem?« Obendrein hatte er auch noch Pickel. Diese Situation setzte mir zutiefst zu. Ich sprach kaum noch ein Wort mit ihr und verpasste keine Gelegenheit, Andreas in irgendeiner Weise anzugreifen. Der pure Hass quoll aus mir hervor, und ich trank mehr, als es mir guttat. Zwar nur am Wochenende, doch es reichte für Gedächtnisverlust und völlige Narkose.

Ich verkroch mich immer mehr in die Welt meiner Gedichte und des Trinkens. Meine Leistungen hielten sich zwar auf ihrem Level, jedoch hätte ich noch besser sein können. Meine Mutter bemerkte zwar diese

Veränderungen an mir, jedoch hatte sie zu viel mit meiner mittlerweile todkranken Oma zu tun. Sie litt an schwerer Arteriosklerose und verlor dadurch ein Bein. Sie war von nun an auf den Rollstuhl und Pflege angewiesen. Meine Mutter kümmerte sich herzerreißend um sie, wie es ihre Geschwister in gleicher Weise kaum taten. Bis auf meinen Onkel Horst. Aber dazu mehr in einem anderen Kapitel.

Ich begann die Welt und ihre Einwohner zu hassen. Verkroch mich hinter schwerem Zynismus und Abgewandtheit von der Welt. Meine Aggressivität nahm manchmal beängstigende Ausmaße an. Ich wehrte mich gegen alles und jeden mit Zähnen und Klauen, war teilweise wie ein wilder Stier. Der Stress, die Traurigkeit und der Zorn machten mich rasend und blind für die schönen Dinge der Welt. Ich begann meinen Frust in Bücher zu lenken und stieß dabei auf die Geschichte Preußens, und vor allem auf das Leben Friedrichs des Großen. Auch ein Mensch, der durch eine höllische Kindheit ging und später seine Schöngeistigkeit unter den Dienst des Staates stellte. Sein geflügeltes Wort »Der Fürst ist der erste Diener seines Staates!« ist weit bekannt. Jedoch vergessen. Dass es richtig übersetzt der erste Knecht seines Staates heißt, wissen viele nicht. Ich zog mich an seinem Vorbild wieder einigermaßen nach oben. Wie er durch den Siebenjährigen Krieg gelangte und seinen Staat aufbaute, nachdem sein ach so vielgescholtener Vater Friedrich Wilhelm damit angefangen hatte. Es ist für mich eine der größten Leistungen der Geschichte. Ich habe seine Biographie von Wolfgang Venohr bisher gewiss zehnmal gelesen, und ich finde sie immer wieder spannend. Goethe und Schiller konnten ihn nicht »lieb gewinnen«, ich jedoch kann sein Vorbild aus meinem Leben nicht mehr wegdenken.

Die gesamte heutige Jugend befasst sich kaum noch mit Geschichte und Philosophie, was ich sehr schade finde. Man kann aus der Vergangenheit immer Schlüsse für die Zukunft ziehen. Bilder finden, die einem helfen, persönliche Krisen zu überstehen. Man sollte meiner Meinung nach Philosophie in den Lehrplan einbauen. Doch dazu später mehr. Jedenfalls schaffte ich mein Abitur, mit keiner glänzenden Leistung, aber einer ordentlichen. Es war ein mittlerer Zweierschnitt, der für jede Universität gut genug sein musste.

Die folgenden Kapitel spielen sich noch während meiner Abizeit ab, verdienen aber eine genauere Beleuchtung.

ERA – Das finanzielle Desaster

Die Geschäfte meiner Eltern verlagerten sich seit den späteren achtziger Jahren nach Frankfurt. Unser Betrieb war als Subunternehmen für eine große Elektrofirma tätig. Dieses Unternehmen, ERA Elektrobau, ermöglichte uns ein sehr gutes Auskommen über Jahre.

Wir hatten große Autos und waren immer flüssig. Ich konnte mich nie beschweren, dass mir etwas vorenthalten wurde. Eigentlich hatte ich alles. Von tollen Klamotten über die neueste Spielkonsole und tolle Spielsachen. Über Geld hatte ich mir bis zu meinem 18. Lebensjahr nie Gedanken gemacht. Bis der alte Firmeninhaber Herr Sahran starb. Er hatte das Unternehmen von der kleinen in die große Wirtschaft geführt. Nun kam sein Sohn Marco ans Ruder des Unternehmens. Dieser Kerl hatte noch nie Lust zu arbeiten und schaffte gerade so seine Lehre als Elektroinstallateur.

Es mag jetzt Unterstellung sein, doch ritt er die Firma absichtlich in die Insolvenz. Natürlich nicht, ohne sich selbst zu bereichern. Er ließ seinen privaten und ererbten Besitz auf seine Frau schreiben und zog konsequent das Geld aus seinem Unternehmen. Es gibt Berichte von Sekretärinnen über Koffer voller Bargeld, die in die Schweiz geschafft wurden.

Es hört sich an wie ein Krimi, aber es ist wahrhaftig so geschehen. Er besitzt heute sogar noch ein Haus in St. Moritz. Und wir gingen dabei den Bach runter. Wie oft ist meine Mutter dort runtergefahren, hat um Geld gebeten, während unsere Gläubiger vor der Tür standen.

Teilweise bekam sie noch welches, jedoch bestand am Ende ein Minus von 209.000 Mark für uns. Alle wollten Geld. Finanzamt, Bank, Lieferanten und Versicherungen. Der ganze Rattenschwanz hat dort seinen Anfang. Wie oft saßen wir hier, keine Mark mehr in der Tasche, und weinten und zeterten. Wir waren völlig kaputt und aufgelöst. Das Unternehmen wurde abgemeldet, und wir verfielen in tiefe Lethargie. Wo bekommen wir Geld her? Was können wir noch tun? Meine Eltern schliefen kaum noch. Meine Mutter bekam Bluthochdruck und mein Vater wurde immer unleidlicher. Es ist schlimm, wie Geld Menschen verändern kann.

Dazu kam noch, dass Herr Sahran uns weiter beschäftigte, obwohl das Unternehmen zahlungsunfähig war und er sich nur selbst bereicherte. Meine Mutter und mein Vater gaben die eidesstattliche Versicherung ab und alles ging kaputt. Nichts war wie vorher. Es wurde aber dann ein neues Unternehmen angemeldet und die Arbeit ging weiter. Wir sollten uns aber nie von diesem Tiefschlag erholen.

Er hält bis heute noch an. Mein Bruder und mein Vater arbeiteten wie die Irren in unserem neuen Unternehmen, aber die Altlasten ließen ein normales Leben kaum noch zu. So erdrückend war die Last auf unsere Herzen gefallen. Vieles, was in den nächsten Kapiteln folgt, wäre anders gekommen, wenn es diesen Vorfall nicht gegeben hätte. Es wäre uns viel zukünftiges Leid erspart geblieben.

Es wären alle glücklicher. Aber alles Schlechte hat sein Gutes, wie meine Mutter immer sagt. Ich mag nicht von Vorsehung sprechen. Diese Größe hat Besseres zu tun, als sich mit menschlichen Staubkörnern wie einer kleinen Familie zu beschäftigen. Zufall und Vorsehung sind zu groß für uns. Man kann nur einigermaßen aufrecht und hoffnungsvoll durchs Leben gehen und abwarten, oder frei nach Bismarck »… die Schritte Gottes durch die Hallen der Zeit vernehmen und sich für eine Weile an seinem Rockzipfel festhalten«. Doch dies war erst der Anfang der ganzen Misere.

Stoffys Sturz

Es war an einem Samstagmorgen. Stoffy, Steffen und ich wollten mit dem Zug nach Köln fahren. Ich kam um neun Uhr bei ihm an und entdeckte eine große Blutlache vor seiner Haustür. Ich klingelte, und es geschah Folgendes:

Stoffy (nur in Boxershorts): »Morgen, mein Gott ist mir elend!«

Ich: »Wo warst 'n?«

Stoffy: »Ach, Weihnachtsfeier vom Betrieb. Ich kann mich kaum noch an was erinnern!«

Ich: »Weißt du eigentlich, dass du 'nen Riss in der Stirn hast und 'ne Blutlache vor der Tür?«

Stoffy (erschrocken): »Fuck, wo kommt das her?«

Die Blutspur zog sich durch seine komplette Wohnung in sein Bett und ins Bad. Vor dem Spiegel befühlte er den Riss auf seiner Stirn und dieser klappte auf. Man konnte bis auf den Schädel sehen. Er wollte doch glatt noch mit nach Köln fahren. Wir kamen auch noch bis zum Bahnhof. Aber Gott sei Dank waren wir zu spät. Seine Großmutter und ich brachten ihn zum Arzt und von da aus ins Krankenhaus zum Nähen. Ich hatte selten so viel Angst um einen Freund wie an diesem Tag.

Stoffy lebt heute recht zurückgezogen mit seiner Freundin. Ich habe leider etwas den Kontakt zu ihm verloren. Jedoch werde ich ihm immer verbunden bleiben. Wir können uns an schöne Zeiten erinnern. Sei es mit Ike, mit dem wir in Stoffys Wohnung in der Ferienzeit immer ein paar Paletten Mixery killten, oder wenn ich ihm Kopfschmerztabletten vorbeibrachte, wie nach dem Oktoberfest in Seck. Er ist, war und bleibt immer mein Freund. Auch wenn wir uns nur noch selten sehen. Die Vergangenheit verbindet uns auf ewig.

Omas Tod

Wie bereits erwähnt, litt meine Oma ein paar Jahre nach dem Tod meines Opas an schwerer Arteriosklerose (Gefäßverkalkung). Sie hatte schon seit längerer Zeit offene Beine, die ständig behandelt werden mussten, was wir jedoch auf ihre Krampfadern zurückführten. Diese arme, gute Frau. Zeit ihres Lebens kannte sie nur die Aufopferung für ihre Familie und ihren Mann. Hat hart gearbeitet, ging putzen, um die Familie mit zu ernähren, und machte trotzdem noch den Haushalt.

Was musste sie leiden, und warum musste sie leiden? Sie hat doch niemandem etwas getan. Nach dem Tod meines Großvaters ging ja schon das Erbgeschacher los. Doch was sollte erst passieren, wenn Oma einmal tot war?

Es ging mit ihrer Gesundheit rapide bergab. Ein Bein musste ihr amputiert werden. Danach kam sie in eine Rehabilitationsklinik, um sich zu erholen und um den Umgang mit einer Prothese zu erlernen.

Doch ihr Körper war zu schwach, die Muskeln nicht mehr genug ausgeprägt, um die Kraftansprüche, die den Umgang mit einer Prothese einem Menschen abnötigen, zu erfüllen. Also war sie ab diesem Moment an den Rollstuhl gefesselt. Sie versuchte weiterhin, ihre Wohnung sauber zu halten. Sie saugte im Rollstuhl, putzte ihre Fenster und duschte sich auch noch von selbst. Mittags trugen wir das Essen von unserer Wohnung im ersten Stock des Hauses zu ihr ins Erdgeschoss, um mit ihr gemeinsam zu essen. An guten Tagen erfreute sie sich frohen Gemüts und Hoffnung auf die Zukunft. Doch an schlechten Tagen, wenn sie die Schmerzen zu arg plagten, wurde sie von Weinkrämpfen geschüttelt und war nicht mehr fähig, irgendetwas zu tun. Dann dümpelte sie meist den ganzen Tag vor dem Fernseher, apathisch und gedankenverloren, wie in einer anderen Welt, mit glasigen Augen, die mit Tränen angefüllt waren.

Dies waren auch die Tage, an denen es meiner Mutter nicht gut ging. Sie vernachlässigte die geschäftlichen Dinge, um sich um ihre kranke Mutter kümmern zu können. Doch bei aller liebevollen Pflege verschlimmerten sich die Schmerzen meiner Oma. Dazu kam, dass die Krankheit auch von ihrem anderen Bein Besitz ergriffen hatte. Als uns der Arzt dies mitteilte, waren wir am Boden zerstört.

Es wurde noch einmal versucht, mit einer Art Ballon ihre Arterien freizukriegen. Jedoch nutzte es nichts. Es begannen auch an ihrem noch vorhandenen Bein offene Wunden zu entstehen, die nicht mehr verheilten. Sie ahnte wohl, was geschehen würde. Ihr musste auch das andere Bein abgenommen werden.

Ich dachte damals schon bei mir, dass sie diese Operation nicht überleben würde. Behielt dies jedoch für mich, um niemanden zu beunruhigen.

Am 20. Mai 2000 wurde sie ins Krankenhaus eingeliefert, um sich am nächsten Tag der OP zu unterziehen. Den 22. Mai sollte sie nicht mehr erleben. Meine Mutter war anwesend, als die Ärzte sie in den OP brachten. Sie hatte schon einige Operationen in ihrem Leben überstanden, viele an den Augen wegen ihres grünen Stars und auch an ihren Beinen. Meine Mutter verweilte die ganze Zeit im Krankenhaus, bis meine Oma aus der Narkose erwachte. Dann fuhr sie nach Hause, um sich um ihre Familie zu kümmern. An diesem Abend, etwa gegen 22.00 Uhr, rief das Krankenhaus an. Else Stancke geborene Gertz starb in der Nacht zum 22. Mai 2000 an Herzversagen. Ihr ausgemergelter Körper hatte die Leiden der schweren Operation nicht mehr verkraftet.

Wir waren wie vor den Kopf geschlagen. Meine Mutter weinte bitterlich und informierte ihre Geschwister. Meine Eltern und die Geschwister meiner Mutter fuhren am gleichen Abend noch ins Krankenhaus, um Abschied zu nehmen. Ich nahm meine Mutter in den Arm, bevor sie fuhr, und sagte: »Immer weiter, wir müssen immer weitermachen!« Sie weinte. Wir hatten immer noch die schwere finanzielle Krise zu durchstehen, und nun auch noch das.

Oma war der letzte Verbindungspunkt zwischen den Familien. Auch wenn die Geschwister meiner Mutter sich kaum um sie kümmerten. Bis auf meinen Onkel Horst. Ihn muss ich außen vor lassen. Er war Missionar in Südafrika, reiste aber schon beim Tod meines Opas an und war nun seit Anfang 2001 wieder in Deutschland. Er war der Einzige, der sich mit um sie sorgte. Wenn sie bei meiner Tante oder bei meinem anderen Onkel zu Besuch war, wurde sie nur in die Ecke gestellt, wie ein lebloser Gegenstand. Und bald sollte sich aller Hass entladen.

Die letzten Worte, die ich mit meiner Oma wechselte, waren am Tag der Operation. Sie rief an, um zu fragen, ob meine Mutter schon unterwegs zu ihr sei. Unser letztes Gespräch verlief so:

Oma: »Hallo, Bastian. Ist die Mama schon unterwegs?«

Ich: »Ja, sie ist vor einer viertel Stunde losgefahren. Sie müsste bald da sein!«

Oma: »Dann ist ja gut. Ich freue mich, bald wieder zu Hause zu sein, mein Schatz!«

Ich: »Ja darüber würden wir uns alle freuen. Pass auf dich auf und viel Glück, Oma. Wir denken alle an dich!«

Dies war unser letztes Gespräch. Ich habe immer noch Gänsehaut, wenn ich daran denke. Und ich wünschte, ich hätte bessere Worte gefunden, um sie zu verabschieden. Denn innerlich wusste ich, dass sie nie mehr zu uns nach Hause zurückkehren würde.

Erbgeschacher Teil 2

Nach dem Tod meiner Großmutter ging eine tiefe Depression durch unsere Familie. Zuerst herrschte trügerische Ruhe. Die Beerdigung meiner Oma verlief im engen Kreis von Familie und Freunden sehr beschaulich und würdevoll. Ich führte meine Mutter mit meinem Vater zum Grab, um sie zu stützen. Meine Schwester warf einen Brief in das offene Grab, der sich zwischen die Rosen schmiegte, die sich auf dem Sarg eng umschlangen. Es war wunderbares, sommerliches Wetter. Ganz wie meine Oma es immer geliebt hat. Nun war sie endlich bei ihrem geliebten Martin. Meinen Großvater, den sie so sehnlichst vermisst hatte. In ihrem Doppelgrab sollten sie nun für immer vereint sein. Der ewige Frieden ist ihnen hoffentlich gewiss. Ich denke noch heute oft an die beiden, mache mir auch manchmal Vorwürfe, dass ich nicht genug Zeit mit ihnen verbracht habe. Doch der Tod war für beide eine Erlösung von Schmerz und Leid. Von dem sie so viel in ihrem Leben erdulden mussten.

Ihr beiden fehlt uns sehr. Vieles wäre anders gelaufen, wenn ihr noch am Leben wärt und so manche Träne nicht vergossen worden. Ihr wart die liebevollsten Menschen, die ich kannte. Und ich möchte euch für alles danken, was ihr mich gelehrt habt, und bin froh und glücklich, dass man euch von euren Leiden erlöst hat.

Auch wenn für uns noch viel Leid folgen sollte, wir werden euch immer lieben. Mein Opa wie auch meine Oma hinterließen kein Testament. Es konnte ja auch keiner damit rechnen, dass sie von einem zum anderen Tag sterben werden. Und somit begann der Kampf um das eigentlich recht kärgliche Erbe. Es gab ein Haus mit eingetragener Grundschuld und ein paar Wald- und Wiesengrundstücke. Meine Oma sagte immer, dass meine Mutter das Haus bekommen sollte, und ihre Geschwister sollten sich die Grundstücke teilen. Oder falls die Grundstücke nicht veräußert werden können, sollten wir jedem 9000 DM auszahlen. Nun keiner, weder meine Tante Anne noch mein Onkel Uwe wollte, nachdem meine Oma gestorben war, je etwas davon gehört haben.

Mein Onkel Horst verhielt sich zuerst ziemlich neutral. Jedoch ist er natürlich als evangelischer Pfarrer auf Ausgleich bedacht. Er besitzt ein großes Sicherheitsdenken und wusste sich schon früh abzusichern, dass er auf das Erbe nicht angewiesen war. Jedoch zwängten Uwe und Anne meiner Mutter einen Erbschaftsvertrag auf, der eigentlich noch nicht mal rechtens war. Horst sollte einen Teil des Hauses bekommen und nahm freundlicherweise einen Kredit bei einer Bank auf, um das Haus aus der Grundschuld auszulösen. Gleichzeitig sollte er meiner Tante Anne 12.000 Euro auszahlen. Und wir Uwe mit ebenfalls 12.000 Euro bedienen. Doch woher dieses Geld nehmen, wenn das Unternehmen fast bankrott ist und man kaum noch was zum Leben hat? Doch es wurde darauf bestanden. Anne und Uwe wollten sogar das Haus ihrer Kindheit versteigern lassen, um an Geld zu gelangen. Unser einziger Kommentar dazu war: »Hier kriegt ihr uns nur tot raus!«

Bei jedem Treffen schwappten die Emotionen über, flog Gift und Galle durch den Raum. So zornig war ich bis dahin noch nie in meinem Leben. Ich habe damals Rache geschworen für alles, was uns angetan wurde. Dieser Streit hat unsere große Familie zerstört, hat ein tiefes Loch in unsere Herzen gerissen. Mein Rachedurst gegenüber Uwe, Anne und ihrem Mann Egon ist bis heute nicht gestillt.

Aber vielleicht sollte ich auch den Menschen vergeben, die nicht über ihren Kirchturm hinausschauen können und sich am Dorfklatsch aufgeilen. Spießbürger, die sich selbst nicht mögen und bar jedes Charmes, jeder Intelligenz und jedes Esprits sind. Ich hasse euch nicht mehr mit allem Schmerz, den mein Herz durchlitt. Ich habe euch geliebt. Mit jedem weiteren Weg meiner Seele durch das Fegefeuer ist sie mehr und mehr zu Stahl gehämmert worden. Ich hasse euch nicht mehr. Ich verachte euch.

Nur Horst muss ich gerecht werden. Er hat uns immer unterstützt und tut es heute noch. Dafür möchte ich ihm danken. Wir stehen im ständigen Dialog mit ihm, woran meiner Mutter Herz sehr hängt. Schlussendlich, gekämpft wird heute noch.

Aber ich muss auch sagen, dass für Vergebung vielleicht doch noch Platz ist. (Sie sehen, der Emotionsteufel reitet mich.)

Kreuzbandriss oder eine lahme Krücke

Silvester 2000/01 wollten Ike, Alex und ich die Feiertage im Skiurlaub verbringen. Wir fuhren nach Lindau, in der Nähe des Bodensees. Und von da aus zum Skifahren über die österreichische Grenze nach St. Anton. Mir war im Vorhinein schon etwas mulmig, da ich erst vor kurzem einigermaßen Skilaufen gelernt hatte.

Tja, wir packten unsere Sachen und fuhren drauflos. Hinunter zum Bodensee. Während der Fahrt dröhnten laute Partyhits und Schlager aus Ike's Auto. Ich kann Butterfly immer noch auswendig. In Lindau angekommen, suchten wir uns eine kleine Pension, um ein Dach über dem Kopf zu haben. Ike hatte dort wohl auch noch eine Flamme, die irgendwie angeblich mal schwanger von ihm war. Weiß der Teufel, was daran wahr ist, ich habe keine Ahnung.

Wir trafen uns also mit ihr und ihren Freundinnen, aber sonderlich ansehnlich waren alle nicht. Sorry Ike, dass musst du zugeben. Weiter im Text. Wir verbrachten die Silvesternacht in Lindau bei irgendeiner Open-Air-Veranstaltung vor einer Kneipe. Wie kommt man im tiefsten Winter auf so eine Scheißidee?

Mir froren beinahe die Füße ab, und der Wodka Red Bull tat das Gleiche mit meinen Händen. Es gab nur die eine Möglichkeit da unten. Sich abschießen. Nach ein paar Wodkaflaschen wies mein Gedächtnis schon ein paar große Lücken auf. Ich erwachte mit brodelnder Birne am nächsten Morgen. Und erfuhr, dass ich die Hotelwirtin wohl nachts aus dem Bett geklingelt hatte, die mich von einem Angestellten auf unser Zimmer tragen ließ. Ein fantastisches Silvester, nicht wahr?

Da gefiel mir Silvester 1999/2000 eindeutig besser. Grölend und singend auf der Kölner Domplatte mit 10.000 Leuten. Während die Höhner spielten. Morgens um 6.00 Uhr mit Steffen am Bahnhof sitzend, er durch Fieber geschwächt sich an mich lehnend und Bier saufend. Vorher hatten wir den großen Wolf samt Freundin in halb Köln gesucht. Er wollte unbedingt nach Wuppertal, oder war's doch zu Dieter Zuwehme nach Koblenz? Wir fanden die beiden morgens um acht an der Haltestelle Au-Sieg. Noch etwa eine Stunde Zugfahrt von Westerburg entfernt. Sie saßen dort eng umeinander geschlungen, da der Bahnhof noch geschlossen hatte. Ein fantastisches Bild.

Aber zurück nach Lindau. Am Ersten des neuen Jahres wäre noch keiner von uns zum Skifahren fähig gewesen. Also fuhren wir erst am letzten Urlaubstag nach St. Anton. Nachdem wir uns Skier geliehen hatten und mit dem Sessellift immer höher gefahren waren, wurde mir immer mulmiger. Ich hatte vor lauter Schiss alles vergessen. Die ersten zweihundert Meter gingen noch einigermaßen, doch dann verkanteten sich die Ski und mein linkes Knie gleich mit. Ich hörte nur ein Krachen und wusste, da ist was im Arsch. Ike und Alex kamen zu mir und sahen recht besorgt aus. Ich hatte, um ehrlich zu sein, keine Schmerzen. Das Erste, was ich machte, war, nach meiner Zippo zu kramen und mir dann genüsslich eine Kippe mitten auf dem Skihang anzuzünden. Ist doch ein fantastisches Bild?

Nach kurzer Zeit kam einer von der Pistenwacht und stellte fest, dass mit Weiterfahren Essig ist und ich zum

Arzt müsste. Er bestellte einen Schlitten zum Abtransport. Doch ich täuschte mich in der Annahme, dass es ein komfortabler Motorschlitten sei. Der war zu einem größeren Unfall bestellt worden. An diesem Tag, erfuhr ich, seien bereits zwei Menschen schwer verunglückt. Also wurde ich auf herkömmliche Weise mit einem Liegeschlitten abtransportiert.

Ein Pistenwächter hielt den Schlitten mit nach hinten gestreckten Armen an zwei Latten fest und fuhr mit mir hinunter ins Tal. Ich habe noch nie solche Rückenschmerzen gehabt. Wirklich First-Class-Transport! Unten angekommen, wurde ich zu Herrn Doktor Knirzinger geschickt. Er stellte fest, das vordere Kreuzband ist durch. Diese Feststellung samt einem Röntgenbild kostete mich 900 DM! Und nix Krankenkasse zahlt, erst mal musste ich alles schön in bar dort abliefern! Das ist doch fantastisch, wie man als Tourist behandelt wird? Man ist mehr Vieh als Mensch. Ich möchte es den Österreichern nicht mal vorwerfen. Sie erleben tagtäglich so dumme Touris wie mich. Aber was soll's, es musste bezahlt werden! Ich verzog mich danach ins Auto, bis Ike und Alex fertig waren und vom Skihang zurückkamen. Die Rückreise war etwas beschwerlich wegen der dicken Schiene am Knie. Doch was noch folgen sollte, das war schlimmer.

Nach einer Kernspintomographie musste ich ins Krankenhaus, um die letzten Reste vom Kreuzband durch eine Endoskopie entfernen zu lassen. Ich hatte mich entschlossen, mir kein neues machen zu lassen und nur die Muskeln wieder aufzubauen. Ich bekam eine Rückenmarknarkose. Doch etwas lief schief. Während des Einstiches ins Rückenmark trat Gewebewasser aus.

Dies, beruhigte mich der Arzt, würde nur leichte Kopfschmerzen verursachen. Aber weder die Narkose noch die Beruhigungspillen wirkten. Sie verabreichten mir die dreifache Dosis Beruhigungsmittel und schließlich doch eine Vollnarkose. Ich wusste ja, dass Betäubungsmittel mir nicht viel ausmachen, aber nachdem der Arzt sagte, dass man mit meiner Dosis einen Bullen hätte lahmlegen können, war ich doch etwas verwundert.

Die nächste Woche war die pure Hölle. Das ausgetretene Gewebewasser fehlte im Kopf und somit drückte mein Hirn gegen die Schädeldecke, sobald ich mich aufrichtete. Es war schlimm, ich musste kotzen, sobald ich länger als fünf Minuten saß oder stand. Ich hatte seit meinem 14. Lebensjahr nicht mehr geheult, aber diese Schmerzen konnte ich nicht mehr aushalten. Ich heulte jämmerlich. Nach dem Trip war ich zwei Wochen Novalgin abhängig. Jeden Tag dreimal 40 Tropfen. Ich sag's euch, das war der Hammer. Nach drei Tagen habe ich mich selbst entlassen. Wollte nur noch nach Hause in mein Bett. Die 500 Meter bis zum Auto schaffte ich kaum. Ich war schweißnass wie nach einem Marathon und ließ mich nur noch ins Auto fallen.

Nach einer Woche Pflege zu Hause, ging es wieder aufwärts. Und nach drei Monaten war mein Bein so gut wie neu. Ich hatte durch Laufen und Schwimmen die Rekonvaleszenz um drei Monate verkürzt und war fit wie nie zuvor. Auch ohne Kreuzband. Und ich muss sogar meiner Klasse für die nette Unterstützung nach dem Unfall danken. Man hat mir sofort alle Materialien nachgeliefert und eine wunderbare handgemalte Karte geschenkt.

Auf einem alten Gaul lernt man Reiten

Während der Krankheit meiner Oma hatte ich nicht viel Sinn für Frauen. Alles andere war wichtiger. Doch wie der Zufall es immer unverhofft will, traf ich auf einer Kirmes eine Exfreundin meines Bruders.

Doro war zu dieser Zeit siebenundzwanzig. Acht Jahre älter als ich. Komischerweise hatte sie es auf mich abgesehen. Ihre Beweggründe sind mir immer noch etwas schleierhaft. Eine überragende Schönheit war sie nicht. Aber auch das ganz genaue Gegenteil von hässlich. Etwa 1,70 m groß, blonde kurze Haare, dunkelblaue Augen, eine schöne, frauliche Figur. Aber anziehender war die Art ihres Wesens. Sie strahlte einen animalischen Trieb aus. Es ist schwer zu beschreiben, irgendwie sah man in ihren Augen die pure Lust auf Sex.

Ich hatte schon schwere Probleme damit, mich mit der Ex meines Bruders zu verabreden. Aber ich stimmte trotzdem zu. Ich besuchte sie an einem Sonntagabend gegen neunzehn Uhr. Wie unterhielten uns über Stunden. Sei es über die interessante Konstellation unseres Zusammentreffens oder über vergangene Dinge. Aber auch über die Krankheit meiner Oma. Sie kannte ja unsere Familie. Sie hörte vor allem zu, während ich meist redete. Und erst gegen 0.00 Uhr kamen wir uns näher. Wir begannen heftig zu knutschen und zu fummeln.

Es ist natürlich sehr aufregend, mit einer älteren Frau auf der Couch zu liegen und endlich die Spannung rauszulassen. Im Nachhinein gestand sie mir, dass sie sich schon länger von mir angezogen fühlte. Auch noch während sie mit meinem Bruder zusammen war. Und sie war sehr verwundert, dass ich nicht früher anfing, mich ihr an diesem Abend zu nähern. Darauf konnte ich nur sagen, dass ich nichts mit Frauen anfangen kann, die nicht einigermaßen meinen Horizont teilen.

Von nun an trafen wir uns dreimal die Woche. Sonntags, Mittwochs und Sonntags. Aber alles unter strengster Geheimhaltung. Ich hatte keine Lust, dass meine Mutter davon erfuhr, da sie Doro nicht besonders leiden konnte. Zweitens war es mir doch unangenehm, etwas mit einer Frau zu haben, mit der mein Bruder schon geschlafen hatte. Außerdem hatte ich nie vor, eine tiefere Bindung mit ihr einzugehen.

Mich interessierte hauptsächlich das Körperliche. Und ich wusste, dass sie hemmungslos war. Das erste Mal mit ihr war schön und lustig zugleich. Wir aßen bei Kerzenschein und hatten eine sehr nette Unterhaltung. Dann gingen wir in ihr Schlafzimmer und begannen uns heftig zu küssen und langsam auszuziehen.

Ein Kleidungsstück nach dem anderen ging seiner Wege, bis wir ganz nackt voreinander standen und uns aufs Bett fielen ließen. Die Küsse wurden intensiver und zogen sich über den ganzen Körper. Sie kniete vor mir auf dem Bett und ich hinter ihr. Ich küsste zärtlich ihren Nacken und wanderte zu ihrem Ohr, woran ich zu knabbern begann.

Meine Hände strichen über ihren warmen Bauch, hoch zu ihren Titten, die sich in meine Hände legten. Ich begann sie langsam zu massieren und nahm ihre Nippel zwischen zwei Finger und rieb sie vorsichtig zwischen ihnen. Mein mittlerweile harter Schwanz drückte sich an ihren Po und ihr Arm umgriff ihn von vorne und begann ihn zu reiben. Sie sah hinreißend im Kerzenlicht aus, ihre Augen funkelten. Ich drückte sie mit dem Rücken aufs Bett und ließ meinen Mund über ihren Körper wandern. Zu ihren Titten, über ihren Bauch bis zu den Innenseiten der Schenkel, über die ich leckte und über die entstandenen feuchten Stellen hauchte. Sie begann leise zu stöhnen.

Es wurde intensiver, bis ich mit meiner Zunge höher strich, um ihr Wertvollstes zu verwöhnen. Sie war fast bis zur Ekstase gereizt, bis sie mich umwarf und mir einen zu blasen begann. Danach setzte sie sich auf mich, bis ich tief in sie versank. Ich muss zugeben, dass ich sehr schnell kam. Was auch daran lag, dass ich mich von den Gedanken, dass mein Bruder bereits Sex mit ihr hatte, nicht losreißen konnte.

Doch bei jedem neuen Akt mit ihr vergaß ich es ganz und gar. Wir trieben es überall miteinander, sei es in einem Park, an verschiedenen Orten ihrer Wohnung, in Toiletten und auf Tischen. Ich lernte viel von ihr. Kein sexueller Bereich blieb mir unerschlossen. Aber vor allem lernte ich, zärtlich und einfühlsam mit Frauen umzugehen. Mich verband nie etwas Tieferes mit ihr, ich wollte es auch gar nicht.

Für mich zählten allein das Körperliche und eine angenehme Zeit. Es war eine Fickbeziehung, von der denke ich beide Seiten etwas hatten, und sie lief auch nur so lange, bis ich mein Studium begann. Auch mein Bruder und meine Mutter sowie meine Freunde bekamen davon Wind. Ich merkte schon, dass sie auf eine gewisse Art und Weise neidisch waren, doch gesagt hat es nie jemand. Kai war zwar nicht sonderlich begeistert, da sie ihm anscheinend ziemlich wehgetan haben muss, doch als ich ihm die genaue Situation und Umstände erklärte, war es für ihn auch o.k.

Sie betrog mich zwar in dieser Zeit einmal mit einem Bekannten, was sie mir weinend gestand mit den Worten, dass er so einen Kleinen hatte und absolut nicht zärtlich war, was mich aber total kalt ließ. Ich war nie an ihrer Zuneigung interessiert, aber sie vielleicht an meiner? Sie half mir auch auf ihre Weise, den Tod meiner Oma zu verarbeiten.

Man konnte sich bei ihr den Frust von der Seele lassen, im geistigen, aber vor allem im körperlichen Bereich. Unsere »Beziehung« lief bis Oktober, und sie wollte sie danach noch aufrecht erhalten. Sie verstand darunter, man könnte sich ja ab und an mal zum Ficken treffen, aber mich ließ die Idee kalt.

Ich hatte ab Oktober mit dem Beginn meines Studiums die Sache für mich abgeschlossen. Es war eine reizende Zeit mit ihr, aber eine Frau fürs Leben wäre sie nie gewesen. Wir waren beide immer nur auf das Eine aus, und das hat sie im Nachhinein auch eingesehen. Man sah sich noch ab und an mal zufällig. Doch wie jeder Kontakt, den man nicht pflegt, versandete er mit der Zeit. Es ist nicht schade drum, doch ich merkte, wie eine neue Zeit anbrach. Vielleicht heftiger als die alte, aber vielleicht auch schöner? Die Zeit würde es mir zeigen, und ich wartete mit angehaltenem Atem.

Alzey oder das vollgewichste Hemd

Wir erfuhren von dem Junggesellenfest in Alzey im Jahr 2001 per Radio RPR. Alle möglichen Verbände junger Männer trafen sich dort alljährlich, um sich die Kante zu geben. Seien es Studentenverbände, Kirmesburschen oder sonstige Alkoholiker. Wir beschlossen, dort ebenfalls mit einer Abordnung zu erscheinen. Sie bestand aus Ike, Steffen, Alex Fuhrmann, Christian und mir.

Alzey liegt etwas über 100 Kilometer von Westerburg entfernt. Wir fuhren freitags nachmittags mit einem großen Vorrat Mixery los, um uns während der Fahrt schon etwas zu »entspannen«.

Während der Autobahnfahrt wurde Bierdosenstaffel gefahren. Das heißt, volle Bierdosen werden während der Fahrt von den Beifahrern durch die Fensterscheiben bei recht hoher Geschwindigkeit übergeben. Es hätte teuer werden können, wenn wir erwischt worden wären. Doch da wir alle aus gutbürgerlichen Familien kamen, wäre uns das egal gewesen.

In Alzey angekommen, suchten wir uns einen passenden Parkplatz zum Pennen. Er war strategisch gut vor einer Bankfiliale platziert. Langsam trotteten wir gegen 18.00 Uhr zum Festplatz, wo bereits das große Festzelt aufgebaut war. Zuerst wurde reichlich gefuttert und der noch verbleibende Vorrat an Mixery vernichtet. Nach und nach trafen immer mehr »Gleichgesinnte« ein.

Jeder Verband bekam sein eigenes Schild mit Namen, Herkunft etc. Je länger der Abend wurde, desto mehr wurde gesoffen, gelacht und sich mit anderen verbrüdert. An Frauen hatte man eigentlich keinen Gedanken verschwendet. Bis es auf einmal von draußen hieß: »Schick mal den kleinen und den großen Blonden heraus!« Anscheinend waren zwei Frauen auf Christian und mich aufmerksam geworden.

Ohne großes Gerede gingen zwei Pärchen ihrer Wege. Ich verzog mich mit meiner Eroberung in einen Vorgarten. Na ja, eigentlich wurde ich eher erobert. Sie hieß Tina und war ein Jahr älter als ich. Aber mehr als Knutschen und Fummeln war nicht. Dafür war es, um ehrlich zu sein, auch zu kalt, und ob ich dazu noch in der Lage gewesen wäre? Keine Ahnung. Tina und ich führten in den nächsten zwei Monaten eine Fernbeziehung. Doch mein Interesse an ihr war schnell verflogen. Meine Abiturqualifikation interessierte mich mehr.

Interessanter ist, was Christian und Ike in dieser Nacht erlebten. Ike verbrachte die Nacht bei einer netten Blondine zu Hause. Doch ihm war anscheinend aufgefallen, dass die gute Frau, nachdem sie ihre Brille ausgezogen hatte, extrem schielte. Gut, Ike war noch nie ein Kostverächter. Doch das war ihm wohl am nächsten Morgen etwas zu unheimlich, und ich wachte im Auto neben ihm auf.

Christian verzog sich mit seiner ich glaube ersten Frau in seinem Leben ins Auto. Am nächsten Morgen fanden wir ihn mit nacktem Oberkörper vor. Und es war schweinekalt. Er wollte partout sein Hemd nicht anziehen. Nach langem Verhör gestand er uns, dass die Gute ihm wohl einen Blowjob verpasst hatte. Doch sie wollte nicht schlucken. Also ab mit der Brühe in Christians

Hemd. Wir konnten uns kaum einkriegen vor Lachen. Nachdem Ike seine Silberblickgeschichte noch zum Besten gab, war es ganz vorbei. Eine denkwürdige Nacht war vorbei.

Das Abitur stand kurz bevor, und ich schnupperte langsam die freie Luft eines Studenten.

Abitur, Information ist alles

Das Junggesellenfest war das letzte erwähnenswerte Ereignis vor dem Abitur. Der Rest ist blauer Dunst. Ich zog mich für die sechs Wochen Vorbereitungszeit in mein Refugium zurück. Refugium ist vielleicht etwas zu kompliziert für eine einfache Dachkammer, als die ich mein Zimmer bezeichnete. Das wichtigste Utensil zum Lernen war mein großes Bett samt Fernseher. Man fand mich in diesen Wochen fast nur vergraben und auch manchmal verzweifelt unter einem Haufen Papieren, kettenrauchend dort oben vor. Falls man mich durch die dichten Rauchschwaden sah. Die einzige Gesellschaft, die ich duldete, war der Fernseher, der mich bis tief in die Nacht begleitete. In dieser Zeit fiel mir zum ersten Mal die allgemeine Verblödung der Deutschen auf.

Die schreckliche Belästigung von Fliege und Co. war kaum auszuhalten. Überall lästige Schmarotzer und mediengeile Hardcoreassis. Es gab noch kein N 24, aber zum Glück für mich Premiere. Der Discovery Channel war mein bester Freund in dieser langen Zeit. Ich setzte mich mit BWL, Mathe und Deutsch, meinen Leistungskursen, auseinander. Mathe hatte ich Gott sei Dank abgestuft, d.h., es wurde geringer in der Schlussnote berücksichtigt.

Für mich hieß es, überhaupt nicht lernen und schauen, was kommt. Mühsam hämmerte ich mir meine selbstgeschriebenen, über Monate gesammelten Karteikärtchen in die Rübe. Formeln, Gleichungen, Arten der Interpretation von Texten. Mein Gott, es war die Hölle! Mein

Zigaretten- und Kaffeekonsum stieg rapide an. Philipp Morris hätte mir Rabatt geben können, so viel rauchte ich. Überhaupt Rauchen. Was spricht gegen den Konsum von legalen Rauschmitteln wie Nikotin? O.k., es fördert verschiedene Erkrankungen. Doch was ist das Leben ohne Sünde? Ein dröges und leeres Nichts. Ich mag ja keine Werbung machen, doch wenn unser Staat an Überalterung leidet, könnte dieses Problem durch die Förderung der Tabakindustrie geregelt werden. Oder nicht? Spaß beiseite. Dieses »Trink jenes nicht, rauche das nicht« geht mir auf den Keks. Jeder ist für seine Taten selbst verantwortlich und hat die Konsequenzen seines Handelns zu tragen. Ich bin Raucher und stehe dazu. Ich liebe es, eine Tasse Kaffee zu schlürfen und eine Zigarette dazu zu rauchen. Was gibt es Schöneres? Tja, die Zigarette danach ist noch besser.

Irgendwann liest man bestimmt »Gebt Rauchern keine Chance« oder »Rauchen macht asozial«, natürlich macht es asozial, da man von militanten Nichtrauchern angegriffen und teilweise übelst beschimpft wird. Raucher sind eine aussterbende Art. Auch sie haben Rechte, ihre Freizügigkeit des Genusses frei auszuüben. Es ist vollkommen richtig, wenn in öffentlichen Gebäuden etc. das Rauchen verboten ist und Nichtrauecherecken in Lokalen eingerichtet werden. Jedoch ich selbst wurde an einer Bushaltestelle, die, wie jedem bekannt, sich unter freiem Himmel befindet, von einer militanten Nichtraucher-Emanze angepöbelt. Dass ich durch meine gerade angezündete Marlboro ihre Lebenserwartung um fünf Minuten verkürzt hätte. Das ist kein Witz, sondern eine Tatsache. Ich fand es natürlich überaus beeindruckend, wie sie die Zeitspanne so schnell berechnet hat. Mein Anstand bewahrte mich davor, zu sagen: »Schade, nur fünf Minuten?«

Aber sollte man seine Zeit nicht sinnvoller nutzen? Zum Beispiel mit Lernen fürs Abitur? Ja, sollte man, und ich war mit meinen Vorbereitungen zum Abschluss gekommen. Es war Anfang Mai 2001, und die erste Klausur stand bevor. Diese BWL-Klausur war hinreißend, vor allem das vorangehende Szenario. Alle in einer Reihe vor dem Pult aufstellen und die vorher abgeschalteten Handys abgeben. Dann wurde jeder zu seinem Sitzplatz abkommandiert und musste sich durch das Aufstellen von Ordnern abschirmen. Es waren drei Wachhunde unterwegs, die jede mögliche Betrügerei vermeiden sollten. Doch Pech gehabt, die Schüler überflügelten ihre Lehrer und tauschten untereinander Klausuren aus. Ließen diverse Spickzettel in ihren vorher präparierten Taschenrechnern verschwinden oder klebten sie unter die Schuhsohlen bzw. an die Fußknöchel, um sie unter langen Hosenbeinen zu verstecken.

Doch leider, leider standen die Chancen schlecht, alle Themengebiete auf Spickzetteln zu verewigen. Aber irgendwie schmuggelten wir uns alle, bis auf einen, durchs Abitur. Wie gesagt, ich mit einer 2,8, der Rest nicht viel besser und auch nicht viel schlechter. Das mündliche Abitur meinerseits war wie geschildert eine Lachnummer, und guten Gewissens schloss ich dieses Kapitel ab.

Unser Abisturm war nicht mein Ding. Ich hatte die Leute lang genug ertragen, um jetzt auch noch mit ihnen zu feiern. Ich zog mich im stillen Genuss meines Geleisteten zurück und betrank mich mit meinen Kumpels, unter anderem Steffen und dem kleinen Wolf, die ebenfalls das Abitur geschafft hatten, besinnungslos.

Die Abschlussfeier wäre nicht der Rede wert gewesen, wenn man mich nicht fünf Minuten vorher gebeten hätte, die Rede zu halten. Kurz gesagt: Ich sollte vor knapp 200 Schülern und Eltern etwas Sinnvolles zum Besten geben. Ich kritzelte mir ein paar Stichpunkte zusammen und bestieg das Rednerpult. 200 Augenpaare auf mich gerichtet, geifernd wie eine Horde wilder Tiere, jeden Fehler gnadenlos zu nutzen. Ich hangelte mich recht gut durch, gab kleine Seitenhiebe ab, vor allem auf Herrn Scholz, und verzog mich schnellstmöglich an die Theke. Es folgte keine große Party, kein lauter Knall und kein Geheule. Ich war froh, mich um 23.00 Uhr verziehen zu können und endlich zu sagen: »Nun könnt ihr mich alle mal am Arsch lecken!«

Mainz, kein Plan von nichts
und Spaß dabei

Ich bewarb mich kurz nach meinem Abitur um die
Zulassung zum Studiengang der Politikwissenschaften.
Eigentlich hatte ich mir immer gewünscht, Geschichte
oder Archäologie zu studieren. Doch für die Archäologie
hätte ich Latein haben müssen und dazu auch noch Alt-
griechisch lernen sollen. Nein danke! Außerdem sind die
Berufsaussichten sehr bescheiden. Also Politik mit dem
Ziel, Journalist zu werden.

Ich hatte mir bereits über das Studentenwerk ein Zimmer in einem Wohnheim besorgt. Die gute Frau am
Telefon versprach mir die tollsten Dinger. Für 250,00
Euro sollte man ja auch ein wenig erwarten. Doch als ich
zum ersten Mal nach Mainz fuhr, um die ganze Sache
genauer anzuschauen, ergriff mich Panik.

Überall Plattenbauten und Müll. Es gab kaum etwas
Grünes dort zu sehen, was man als Landkind so gewohnt
war, dass man seine glückliche Wohnlage gar nicht sonderlich wahrnahm. »Es wird schon nicht so schlimm sein!«,
beruhigte ich mich selbst, doch es kam schlimmer.

Mein Wohnheim war eine ehemalige Kaserne, und
ebenso sah es dort aus. Überall grauer Linoleumboden,
karge Wände und der eklige Geruch von Essen. Nichts
gegen gute Küche, aber es stank barbarisch in dieser Ab-
steige. Ich ließ mir mein Zimmer im ersten Stock zeigen.
Als ich es zum ersten Mal betrat, übermannte mich der
Geruch von Desinfektionsmittel.

»Mein Gott, ist mein Vormieter gestorben? Hier riecht es wie auf einer Mullkippe!«

Nach diesen Worten schaute mich der Hausmeister etwas verstimmt an und fragte mich: »Haben Sie noch nie in einer Stadt gewohnt? Es ist hier üblich zu desinfizieren, bevor der Nachmieter kommt. Außerdem war ihr Vormieter eine ganz schöne Sau!«

Ich stellte mich mitten in den Raum und ließ meinen Blick über die kahlen weißen Wände und den grauen Boden streifen. Ich hatte Doppelzimmer anscheinend falsch verstanden. Ich dachte, dass mir einfach nur der doppelte Raum zusteht. Dabei war alles doppelt. Schrank, Bett und Regal, alles in zweifacher Ausführung. Aber das war's dann auch schon.

»Na ja, das kriegen wir schon recht gemütlich hingebogen!«, dachte ich bei mir. Dann besichtigten wir die Toiletten und das sogenannte Bad. Alles auf dem Flur zur gemeinschaftlichen Benutzung freigegeben. Leichter Ekel überkam mich, und ich versteckte mein Würgen so gut es ging. Nicht dass es nicht sauber gewesen wäre, jedoch alles mit allen teilen zu müssen, das widerstrebte mir gewaltig.

Dann ging es zur gemeinschaftlichen Küche, die gerade renoviert wurde. Aber das zählte nicht für mich, ich hatte mir vorgenommen, selbst in meinem Zimmer zu kochen. Einen Zweiplattenkocher hatte ich ja noch. Nun gut, ich würde das Beste draus machen.

Die nächsten zwei Tage verbrachten Kai, meine Mom und ich damit, dieses Zimmer wohnlich herzurichten. Wir schufen eine eigene kleine Welt, in der ich lernen und arbeiten konnte. Es sah recht nett aus, nachdem wir fertig waren. Die zwei Betten wurden zusammengeschoben, die Regale sämtlich mit meinen Büchern bestückt und der Kühlschrank gut gefüllt.

Ich fieberte froh und vergnügt meinem Studentenleben entgegen, welches am 4. Oktober 2001 begann. Und es begann mit totaler Konfusion. Wo muss ich hin? Was muss ich belegen? Wie sind meine Zukunftschancen? Ein riesiger, unüberblickbarer Fluss von Informationen ergoss sich in mein Hirn. Dazu kam die nette Rede des Dekans, in der er uns veranschaulichte, dass wir Studenten nur eine Last für die Wissenschaft seien und uns gefälligst um unseren eigenen Krempel kümmern sollten.

Es war wie ein Dampfhammer, der sich in meinen Magen bohrte. Alles alleine? Ein totaler Umschwung der Arbeitsweise vollzog sich vor mir. In der Schule war noch alles schön. Man hatte seine Vorgaben und erledigte sie. Doch jetzt hatte sich mir ein neues Terrain von Selbstständigkeit erschlossen. Mit riesigen Bergen, die zu besteigen waren, und versteckten Fallen. Man traf sich nach diesem Überfluss von Neuheiten noch gemeinsam mit der Fachschaft auf ein Bier im Neros und verbrachte die Nacht mit weiterem Kneipenbummel.

Doch überall lag das Gefühl der Unsicherheit und der Angst in der Luft. Er kroch mir förmlich in die Nase und breitete sich in meinem Verstand aus. Doch eins merkte ich direkt. Das Studentenleben würde mir nicht passen. Unstete Arbeit und ansonsten viel blauer Dunst, der Geld kostet. Ich habe mich in dieser Zeit zwar mit ein paar Menschen angefreundet, jedoch Tiefes blieb dabei nicht zurück. Man arbeitete zwar gemeinsam an Texten und in Seminaren, ging mal zusammen weg, doch am Ende blieb nichts. Vielleicht lag es auch daran, dass ich übers Wochenende und auch unter der Woche noch oft zu Hause war. Ich fühlte mich in meinem Wohnheim einsam und verlassen, wollte mit den anderen Menschen auch keinen Kontakt haben. Eigentlich wollte ich nur lernen und arbeiten. Doch mir fehlte meine Familie, unser gemeinsames Frühstück, die Diskussionen. Und sogar das Gemecker meines Vaters fehlte mir. Die kalten Flure des Wohnheims erzählten keine Geschichten, vermittelten keine Wärme. Wie es mein Zuhause tat. Und je einsamer ich wurde, desto weniger lernte ich. Ich habe die Einsamkeit immer geliebt, doch jetzt wurde es mir zu einsam. Aber noch schlimmer war, dass wir das Geld für meine Miete immer nur grad so zusammenkratzen konnten, und manchmal war es auch überhaupt nicht aufzutreiben.

Die Wochenenden zu Hause genoss ich in vollen Zügen. Meine Eltern hatten mittlerweile eine Kneipe eröffnet, die einen neuen Start ins Leben verheißen sollte. Ich kochte dort mit am Wochenende und bediente manchmal. Nach meinem Dienst traf ich mich meistens mit meinen alten Kumpels in unserer Stammkneipe, dem Klimperkasten.

Wir hatten dort schon so manche genialen Abende verbracht. Meistens ging es danach noch auf irgendwelche Discos. Die Hauptsache war, bloß nicht nüchtern zu bleiben und seine Probleme zu vergessen. Aber sie kehrten immer wieder zurück. Ich schaffte meine Klausuren allesamt nicht. Ich war am Boden zerstört, ich schrieb sie mit bestem Gewissen. Doch es war nicht gut genug. Ich fing an, an meiner Intelligenz zu zweifeln. Auf einmal war ich ein kleines Licht unter vielen in dieser Stadt. Und nicht wie in Westerburg ein bekanntes Gesicht. Dazu kam dann schlussendlich, dass die Altlasten meiner Eltern es nicht mehr erlaubten, eine Wohnung zu finanzieren.

Es kam die erste, die zweite und die dritte Mahnung. Schließlich die Androhung der Zwangsräumung, die ich in meiner Apathie ganz vergaß. Ich zog am selben Tag der Zwangsräumung aus und konnte mein Hab und Gut gerade noch so sichern. Es war erniedrigend, dort wie ein Verbrecher angesehen zu werden, nur weil man die Miete nicht mehr zahlen konnte. Ich wurde dort fortgejagt wie ein Hund und erhielt noch nicht mal meine Kaution zurück. Geschweige denn, dass sie meiner Mietschuld angerechnet wurde.

Als Nächstes folgte die Zwangsexmatrikulation der Uni. Man schmiss mich einfach hinaus, da ich mir selbst eine Krankenversicherung nicht mehr leisten konnte. Alles ging zu Bruch, für was ich die letzten Jahre gearbeitet hatte. Ich habe diese Schmach einfach über mich ergehen lassen. Ich war ein Niemand. Keinen Job, keine Ausbildung, um mein eigenes Geld zu verdienen. Das Einzige, was blieb, war unser Jägerstübchen und eine neue Elektrofirma. Eigentlich mag man denken ein recht positiver Ausblick. Die Kneipe lief gut und das Elektrounternehmen begann auch mit sehr guten Zahlen. Auf einmal war ich selbstständiger Jungunternehmer, weil keiner meiner Familienmitglieder noch ein Unternehmen eröffnen konnte wegen diverser Verbindlichkeiten. Gegen das Jägerstübchen hatte ich nichts einzuwenden.

Doch gegen die Elektrofirma sträubte sich bei mir alles, da mir noch die letzte Pleite in Erinnerung war. Doch ich ließ mich überreden. Alles wurde nur gestartet, um schnellstmöglich wieder zu Geld zu kommen, und prompt folgten die ersten Schwierigkeiten.

Die Zahlungsmoral unserer Großkundin ließ abrupt nach, und wir konnten kein Material mehr kaufen. Woher auch? Wir besaßen keinerlei finanzielle Rücklagen. In der Rückschau ein grausamer kaufmännischer Fehler. Da man nie ein Unternehmen ohne Kapital gründen sollte. Aber es nutzte alles nichts, kein Gejammer und kein Gezeter. Die Sache war zum Scheitern verurteilt, und ich hatte meine ersten Schulden am Hals. Doch es gab etwas Positives in der Zeit. Ich behielt mein mir angeeignetes Wissen, und ich machte noch zur Mainzer Zeit die Bekanntschaft zweier bildschöner Frauen.

Ein Dreier? Warum nicht?

Noch zu Mainzer Zeiten war das Kulturcafé der beliebteste Treffpunkt am Campus. Es lag in einem Kellergewölbe unter dem alten Rewi-Zentrum. Seine dunklen Wände fügten sich zu einem warmen Ambiente in das alte große Gebäude. Man steigt eine kleine Treppe hinab und betritt einen einzigen großen Saal mit niedrigen Wänden. Zur Rechten ist eine kleine, versteckt in den Raum eingelassene Cafeteria. Zur Linken befinden sich die alten Sitzecken, die wahrscheinlich viele Geschichten erzählen können und eine kleine Theke.

Ich saß eines Morgens im Februar 2002, die Füße auf einen Stuhl abgelegt, im Kulturcafé, ließ mir die letzte Vorlesung durch den Kopf gehen und hielt mir vor Augen, dass demnächst Klausuren anstehen. Der Gedanke ließ mich leicht erschaudern. Ich versuchte ihn zu verdrängen und vertiefte mich in eine Biographie Winston Churchills, während mein doppelter Espresso kam, um die Zeit mein zweites Frühstück neben mehreren Zigaretten.

Plötzlich wurde der Stuhl neben mir zur Seite geschoben und zwei große blaue Augen starrten mich an. Diese Augen waren mir bereits in einigen Vorlesungen aufgefallen. Sie gehörten Tanja, einer Studienkollegin aus Saarbrücken. Ich schaute sie etwas misstrauisch mit hochgezogenen Augenbrauen an und versuchte mich von ihrem Blick zu lösen, doch ich fiel immer tiefer in diese großen azurblauen Augen. »Mh, so alleine hier?«, fragte sie mich. »Ich ziehe die Einsamkeit oft der Gesellschaft vor!«, war meine Antwort. Wir trieben leichte Konversation über die letzten Vorlesungen und diverse Probleme mit Professoren. Wir kamen zum Schluss dazu, uns abends mal zu verabreden und tauschten unsere Handynummern. Aber dass es gleich dieser Abend sein würde, ahnte ich nicht. Als sie ging, starrte ich ihr geistesabwesend hinterher.

Nach dieser Unterhaltung bestellte ich mir erst mal einen Kaffee mit Fernet Branca, um die letzte Müdigkeit aus den Knochen zu schütteln, als mein Handy sich bemerkbar machte. Mein Display sprang auf mit einer neuen SMS: »Treffen uns heute Abend im Neros. Bringe noch eine Freundin mit. Küsschen Tanja.« – »Sehr angenehme Abwechslung!«, zischte es durch mein Hirn.

Der restliche Tag zog sich wie ein alter Kaugummi, der einem an der Schuhsohle klebt. Gegen Abend schmiss ich mich unter die Dusche, rasierte mich und legte natürlich die exklusivsten Klamotten an. Ich begab mich gegen halb acht auf den Weg zum Neros, einer kleinen amerikanischen Cocktailbar, um einem meiner erregendsten Abenteuer entgegenzutreten.

Punkt 20.00 Uhr traf ich im Neros ein, schaute mich kurz um und erblickte Tanja etwas weiter hinten im Lokal an einem kleinen Tisch in der Ecke. Sie sah hinreißend aus in ihrem knielangen Rock, der ihre gebräunten langen Beine leicht verdeckte. Dazu trug sie ein weißes tief ausgeschnittenes Top, das ihre schlanke Figur fantastisch betonte. Ihre langen blonden Haare fielen wie Sommerweizen um ihre Schultern herab. Neben ihr saß eine mir noch unbekannte Frau mit dunklem Teint.

Ich begab mich, meine Nervosität unterdrückend, an

ihren Tisch. Ihnen entfuhr ein freundliches »Hi, setz dich doch!«. Dieser Aufforderung kam ich schneller nach, als es überhaupt möglich gewesen wäre. Wir bestellten unsere ersten Cocktails. Die Unterhaltung plätscherte über den Abend dahin. Wir glitten elegant über die glatten Parkette der Philosophie und Kunst hinweg zu handfesteren Themen. Die Unterhaltung schaukelte sich in Hitze, als wir das Thema der Sexualität anschnitten. Sarah hieß die mir am Anfang unbekannte dunkle Schönheit, die sich bei diesem Thema besonders heraustat.

Sie war etwas kleiner als Tanja und hatte eine schöne frauliche Figur. Ihre schwarzen Katzenaugen blitzten und funkelten bei der spärlichen Beleuchtung. Ihre Sätze unterstrich sie oft mit einem Nach-hinten-Werfen ihres Kopfes. In ihrem beigefarbenen kurzen Sommerkleid, das ihre schönen Rundungen betonte, sah sie einfach hinreißend aus. Sie gestand unter anderen auch, dass sie die Frauen ebenfalls sehr liebe und sich oft mit Tanja das Bett teile. Tanja errötete etwas, als Sarah dies über die Lippen kam, und sie lächelte still vor sich hin. Erregung machte sich bei dieser Vorstellung in meiner Hose breit. Die ich versuchte zu unterdrücken. Sarah plauderte fröhlich über diverse Stellungswechsel weiter, woran sich mittlerweile auch Tanja lebhaft beteiligte. Ihre sonst etwas reservierte Art wich durch die aufsteigende Wärme der Diskussion und des steigenden Alkoholpegels.

Ich lehnte mich in meinen Sessel zurück und zündete mir eine Zigarette an. Mit anhaltendem Atem lauschte ich ihrer Diskussion, bis sie plötzlich zu flüstern begannen. Ich spürte an meinen Beinen langsames Tasten und sah, wie zwei Füße meine Schenkel hinauf zu meinem Schritt wanderten. Steigende Erregung durchschoss meinen Körper, die sie mit ihren Füßen deutlich spüren mussten. Ich zog an meiner Zigarette und nahm einen Zug aus meinem mittlerweile vor mir stehenden Whisky. »Darf ich diese Geste als eine Einladung betrachten?«, kam es aus meinem Mund. Die beiden Damen lächelten mich an, und Tanja nickte leicht mit dem Kopf. Wir tranken aus und gingen langsam unserer Wege in Richtung ihrer gemeinsamen Wohnung. Tanja flüsterte mir ins Ohr: »Eigentlich wollte ich dich alleine, doch so wird es bestimmt noch angenehmer für dich sein!«

Wir betraten ihre Wohnung in einem typischen Mainzer Altbau und setzten uns. Tanja und Sarah nahmen auf der Couch Platz, während ich mit dem Sessel vorliebnahm. Ich ging kurz in die Küche, um noch etwas zu trinken zu holen, und war sehr erstaunt, als ich wiederkam. Sarah hatte sich an Tanjas Oberteil zu schaffen gemacht. Sie saß mit entblößtem Oberkörper auf der Couch, während Sarah ihre Fingerspitzen um ihre Nippel wandern ließ und ihren Hals zu küssen begann.

Wie vom Blitz getroffen stand ich dort und konnte mich kurze Momente, die eine Ewigkeit zu dauern schienen, nicht bewegen. »Setz dich und genieße die Show!«, flüsterte Sarah. Ich nahm wieder im Sessel Platz und beobachtete die beiden. Meine Hose platzte fast vor Enge. Sarah begann lasziv mit ihren Haaren zu spielen, deren Spitzen sie um Tanjas mittlerweile harten Nippel spielen ließ. Sie begannen sich zärtlich zu küssen, ihre Zungen verschmolzen ineinander. Sarahs Hände kneteten sanft Tanjas kleine, anscheinend sehr feste Titten, während

Tanja Sarahs Kleid öffnete. Sarah stand auf und entledigte sich dessen. Sie trug nichts außer nackter Haut unter ihm und kuschelte sich eng an Tanja, die ihr Kleid ebenfalls abstreifte. Bei diesem Anblick pulsierte mein Blut in den Adern und ich war gelähmt. Die beiden lachten mich an. »Gefällt es dir?«, entfuhr es ihnen fast gleichzeitig. Ich konnte nur leicht nicken und ein etwas bedecktes Lächeln aufsetzen. So zog mich dieser Anblick in seinen Bann.

Sarahs Hände wanderten über Tanjas nackte Schenkel, die sich leicht spreizten. Ich nahm Einblick in die tiefste Zone ihrer Erregung, die Tanja nun selbst langsam mit ihren Fingerspitzen umglitt. Sie lächelte mich aufreizend an, stand auf und kniete sich vor mich. Sie öffnete vorsichtig meine Hose und zog sie samt Shorts hinab. Mein harter Schwanz sprang ihr förmlich entgegen. Sie nahm ihn in ihre warme Hand und begann mir langsam einen runterzuholen, während sie meine Schenkel küsste.

Sarah kam zu uns herüber und legte sich mit dem Rücken auf den Boden und verschwand mit ihrem Kopf zwischen Tanjas mittlerweile gespreizten Schenkeln und begann sie zu lecken, während sie es sich selber machte.

»Mein Gott, du bist im Himmel!«, dachte ich. Meine Hände vergruben sich tief in der Armlehne, als Tanja meinen Schwanz in den Mund nahm und an ihm zu saugen begann. Ich stöhnte leise auf vor Erregung. Mein Schwanz glitt tief in ihren Mund, während sie angeheizt durch Sarahs Zunge zu stöhnen begann. Ihre Fingernägel bohrten sich in meine Schenkel, deren Schmerz ich kaum wahrnahm. Ich sah Sterne hinter meinen geschlossenen Augenlidern.

Plötzlich schauten mich wieder diese azurblauen Augen an. »Nimm mich!«, hörte ich Tanja stöhnen. Sie streckte mir ihren Po entgegen, während sie sich wieder hinkniete. Ich glitt von hinten in ihre Feuchtigkeit, während Sarah sich mit gespreizten Schenkeln vor Tanja legte, die sie zu lecken begann. Meine Stöße führten mich tief in ihr Innerstes, das ich ganz ausfüllte. Sie stöhnte, ja schrie fast vor Erregung und vergrub ihren Kopf tief in Sarahs Schoß, die sich unter ihrer Zunge wand und dabei mit ihren Nippeln spielte. Ich nahm die Umgebung nur noch schemenhaft vor mir wahr.

Mein Körper brannte vor Hitze und mein Kopf wurde leicht wie eine Feder, bis sich Tanja mir entzog und Sarah mich zurück in den Sessel drückte und sich auf mich setzte. Voller Gier schlang sie ihre Beine um mein Becken und begann mich zu reiten, bis ich fast den Verstand verlor und außer tiefem Stöhnen nichts mehr hervorbringen konnte. Sie biss mir in voller Ekstase in den Nacken und vergrub ihre Nägel in meinem Rücken, während sich Tanja zurückgezogen hatte und uns beobachtete.

Ich hielt es kaum noch aus, was sie anscheinend bemerkt haben musste. Sie glitt von mir und begann meine Lust weiter mit ihrem Mund zu befriedigen, wozu sich Tanja gesellte. Beide teilten sich mich, bis ich bis zum Zerbersten gereizt über sie kam. Meine Knie zitterten und mein Kopf war leergefegt. Ich hatte gerade etwas erlebt, wovon jeder Mann träumt und schätzte mich unglaublich glücklich, dass ich bis zum heutigen Tag kaum darüber gesprochen habe.

Ich schlief in dieser Nacht zwischen beiden ein und

erwachte viel zu spät, um meine Vorlesung noch rechtzeitig zu besuchen.

Ich traf mich noch öfters separat mit Tanja oder Sarah. Doch den Zauber dieser Nacht erreichte es nie mehr. Auch da ich aus Mainz fort musste, verlief alles im Sande der Geschichte. Doch die Erinnerung kann man sich über die Gezeiten retten. Ich empfand es als eine Art Höhepunkt des Lebens, den ich doch lieber gegen tiefe Liebe zu einem Menschen getauscht hätte. Ich war zwar glücklich, aber dennoch leer. Die letzten Jahre hatten mich verzehrt. Ich kehrte zerstört und abgemagert nach Hause zurück und sah mich in der tiefsten Krise meines Lebens. Die mit einem tiefen Fall begann.

Prolog der Sinne

Voom, gleißendes Licht, Schmerz und bittersüßer Geschmack. Gezwungen, die Augen zu öffnen. Der Geist ist widerwillig dies zu tun, da man weiß, dass nichts Gutes einen erwartet. Ich wage es trotzdem, erblicke die vertraute Decke meines Zimmers. Ein leichter Stoß der Freude durchzuckt mich. »Gott sei Dank zu Hause. Was war letzte Nacht?« Erinnerungsfetzen durchzischen wie Elektroschocks mein Hirn. Jeder schmerzhafter als der vorherige. Theke, Sektbar, enormer Konsum. Stolpern, Fallen, Lallen. Eingeschlafen auf der Theke. Der nächste Fetzen. Helles Licht. Ich sehe einen Sanitäter über meinen schlaffen, vergifteten Körper gebeugt, der meine Augen mit einer Taschenlampe prüft, ob ich noch lebe. Ich spüre, wie warmes Blut meinen Kopf hinunterrinnt, und eine Hand, die meine hält. Ich schaue auf und erblicke meinen Kumpel Christian.

Er schaut besorgt. Der Sanitäter grabbelt und zieht an mir rum. »Na klasse, ein Zivi, jetzt lassen die schon Amateure Doktor spielen, klasse Sozialstaat. Und ganz sauber sieht der mir auch net aus. So wie der an mir rumgrapscht, ist der entweder schwul oder hat zu oft Taschenbillard spielen müssen. Scheiß Hirn, sogar in dieser Situation hast du nix anderes als Sarkasmus im Kopf.« – »Er ist o.k.!«, ruft der Sanitäter. Er verkündet dies mit der Stimme einer Dragqueen bei ihrem ersten Auftritt. Sie geleiten mich in den Krankenwagen und legen mich auf die Pritsche. Es geht in Richtung Krankenhaus. Christian ist auch mitgefahren. Manchmal geht er einem zwar gehörig auf den Geist, doch wenn es hart auf hart kommt, ist er da. Selbst in dieser Situation ein gutes Gefühl. Das Nächste, woran ich mich erinnere, ist blau, himmelblau und Stimmen. Sowie ein Stechen in meinem Kopf. Ah, ich werde genäht. »Ne gute Frisur kannst du die nächsten zwei Monate streichen!« Das war's! Der Film in meinem Kopf ist gerissen.

Ich richte mich auf in meinem Bett. Die Sonne strahlt durchs Fenster. Ich öffne es und nehme die frische Luft in mich auf, als ob ich seit Jahrhunderten nicht geatmet hätte. Der Duft frischer Brötchen liegt in der Luft. Er zieht einem aus der Bäckerei gegenüber wie ein süßes Zeichen des Lebens in die Nase. Dieser Duft erinnert mich an meine Kindheit, an meine verstorbenen Großeltern, an bessere Tage. Ich gehe zu meinem Kleiderschrank, um mich anzuziehen, und blicke in den Spiegel. Ein Schock durchfährt mich, als ob ich den Teufel erblickt hätte.

Ein dicker Verband reckt sich an meiner Stirn empor. Es war also doch kein Traum. Ich sinke zurück auf mein Bett, die Tränen treten mir in die Augen.

»Warum immer ich? Was hab ich getan? Was werden meine Eltern dazu sagen? Ich will sie nicht wieder enttäuschen. Warum trinke ich so viel?« Brennender Zorn auf mich selbst durchbrennt meine Adern, mein Herz pulsiert, die Wut steigt empor, Höllenqualen durchziehen meinen Kopf. »Ich werde siegen und es allen zeigen, am Ende werde ich alle besiegt haben, alle, alle.«

Geständnis eines Trinkers

Ja, ich bin ein Trinker! Das musste ich mir nach diesem Unfall eingestehen. Er hätte mir fast das Genick gebrochen. Doch ich hatte Glück und kam mit einer drei Zentimeter langen Platzwunde und einem Schleudertrauma davon. Es hätte jedoch weitaus schlimmer kommen können, sagte mein Arzt bei der Nachuntersuchung. Ich hätte sogar gelähmt sein können, warnte er mich.

Ich begann meine Trinkerkarriere aufzuarbeiten. Vor allem in langen Gesprächen mit meiner Mutter. Wir hinterfragten, warum ich soff und wieso es solch extreme Ausmaße angenommen hatte. Es war ein schleichender Prozess, der sich über Jahre hingezogen hatte. Vom einfachen Trinken aus Spaß am Leben zum hirnlosen Besäufnis ohne Sinn und Grund. Ich hatte über die Jahre das Gefühl für den Alkohol verloren. Der Punkt, an dem normale Menschen merken, dass sie lieber Wasser trinken sollten, war für mich weggefallen. Er existierte nicht mehr. Ich hatte jedes Maß verloren, wenn es ums Trinken ging.

Ich führte mir meine Entwicklung vor Augen. Die mit Bier anfing und mit Whisky und Absinth endete. Doch nach und nach begriff ich, dass ich mit dem Saufen etwas kompensieren wollte. Meine Kindheit, in der mich die meisten hassten. Den Tod meiner Großeltern sowie das gescheiterte Studium. Ich wurde zu schnell erwachsen. So schnell, dass meine Seele nicht mehr hinterherkam. Es ist wie mit der Geschichte des alten Indianerhäuptlings, der zum ersten Mal ein Auto bestieg. Es musste alle paar Meilen anhalten. Der alte Indianerhäuptling setzte sich an die Straße und schloss die Augen. Als man ihn fragte, warum er das mache, antwortete er: »Wenn man so schnell reist, muss man manchmal innehalten und seine Seele nachkommen lassen!«

Ich war zu schnell gereist. Von einem Höhepunkt zum nächsten. Von Wochenende zu Wochenende und von Exzess zu Exzess. Ich war ein zitterndes Wrack, das erst wieder zusammengeflickt werden musste, und traute mich wochenlang nicht unter Leute, weil ich mich so für mich schämte. Ich war einmal so betrunken, dass ich schlafend unter den Pissoirs einer Kneipe gefunden wurde und die Bedienung mich wieder raustragen musste, weil ich selbst keinen Schritt mehr gehen konnte.

Vor meinem Unfall tat ich es als Jugendsünden ab und machte mir keine größeren Gedanken darum. Doch dann fielen mir Dinge ein, die ich lange in meinem Gedächtnis vergraben hatte. Wie oft hatte ich nachts, als ich betrunken aus dem Klimperkasten rausgefallen war, auf einer Bank im Ehrenhain gesessen und mit Gott und der Welt einsam gehadert.

Der Ehrenhain ist ein kleiner Park mit einem Vorsprung, der drei bis vier Meter abfällt und auf meinem Nachhauseweg lag. Manchmal stand ich von der Bank auf und ging zum Geländer und beugte mich über es, während mir Tränen über die Wangen liefen und ich Gott anflehte, mich endlich von meinem Leid zu erlösen oder mir einen Menschen zu schicken, der mich endlich einmal verstand. Der hinter die Maske des heruntergekommenen Säufers und Egozentrikers sieht und mich einfach liebt, wie ich bin. Mit all meinen Fehlern, ohne zu fragen, wer oder was ich bin oder sein werde.

Dumpfer Hass auf mich selbst stieg, während diese Erinnerungen aufkamen, hoch. »Kann das alles gewesen sein?«, fragte ich mich. Ich zog mich zurück, um über alle meine Fehler nachzudenken, wollte kaum jemanden sehen. Wen hatte ich nicht alles im Suff beleidigt? Wen nicht alles angepöbelt, zerstört oder niedergemacht? Waren das alles nur Aktionen, die durch den Alkohol ausgelöst wurden? Oder kamen sie aus meinem tiefsten Innern?

Der Volksmund behauptet, dass Betrunkene immer die Wahrheit sagen, und ich denke, es stimmt. Der tiefe Hass auf die Menschen, das immer »anders« als die »Anderen« sein wollen, kam aus meinem tiefsten Innern. Und mit Alkohol wollte ich meine Wut betäuben und einfach nur vergessen, was der Alltag mit sich brachte. Der Kampf um Anerkennung, den Stress der Schulzeit, das versaute Studium, die gescheiterte Bemühung um Liebe sowie die finanziellen Probleme meiner Eltern.

Alles wollte ich durch ihn vergessen. Aber die Sauferei fickt dich, wie ich am eigenen Körper zu spüren bekam. Ich habe mich vorsätzlich vergiftet. Manchmal aus Spaß. Oft aus Frust. Es gehörte einfach dazu und wurde zur normalsten Sache der Welt. Ich litt oft unter zitternden Händen, womit mich meine Freunde aufzogen, doch dies waren die ersten Zeichen meines Körpers, dass es so nicht mehr weiterging.

Ich setzte mich nicht auf kalten Entzug, sondern schraubte meinen Konsum langsam runter. Vor allem ließ ich die Finger von meinem geliebten Jack Daniels, von dem ich an guten Abenden eine Flasche alleine trinken konnte.

Als ich mich das erste Mal wieder abends in den Klimperkasten begab, traf ich auf alle meine Freunde. Die Narbe am Kopf zeichnete mich noch. Doch sie kümmerten sich rührend um mich. Sie hatten sich große Sorgen um mich gemacht und wollten nun immer aufpassen, dass ich nicht mehr so viel trank. Sie hatten mir auch schon vorher oft ins Gewissen geredet, dass ich aufpassen sollte. Und mich, so voll wie ich auch sein mochte, immer in ein Taxi nach Hause gesetzt. Die meisten Taxifahrer kannte ich sowieso schon über Jahre, so dass sie wussten, wo ich wohnte.

Und die langsame Entziehung zeigte Wirkung. Ich verbrachte einige Abend sogar komplett nüchtern oder trank nur wenige Kölsch. Außerdem hatte ich mir schon an fast allen Getränken einen Ekel gesoffen. Und in dieser ziemlich nüchternen Zeit fand ich auch endlich einen Sinn, ohne Alkohol glücklich zu sein. Der Alkohol war lange Zeit ein großer Teil meines Lebens.

Doch anstatt jedes Wochenende dicht zu sein, beschränkt es sich auf mittlerweile dreimal pro Jahr. Auch unter der Woche bleibt Alkohol ein Tabuthema. Es ist höchst selten, dass man mich mit alkoholischen Getränken unter der Woche sieht. Die meiste »Schuld« im positiven Sinne trägt eine Person, die ich im Februar 2003 kennen lernte.

Engel fliegen manchmal tief

Es war der 25. Dezember 2002, der zweite Weihnachtsfeiertag mutierte im Klimperkasten immer zur Riesenparty. Die ganze »Prominenz« aus Westerburg versammelte sich dort einmal im Jahr. Einschließlich meines gesamten Freundeskreises samt meiner Wenigkeit.

Ich hatte meinen Konsum schon ziemlich eingeschränkt und fand trotzdem wieder einigermaßen Spaß am Weggehen. Die Party plätscherte so vor sich hin, während die allgemeine Umgebung immer betrunkener wurde. Ich schwang mein altes Gerippe in eine kleine Eckbank, wo sich schon der kleine Wolf samt Freundin breitgemacht hatte. Man vertiefte sich in flache Dialoge sowie Alltagsgeschwätz.

Nach ein paar Minuten gepflegter Vertraulichkeit, die sich über die Jahre eingespielt hatte, gesellte sich eine zweite Frau hinzu. Der zweite Weihnachtsfeiertag war auch der Tag der Familien- und Freundestreffen. Diese mir fremde Frau hieß Anna und war eine Freundin Sandras, die wiederum die Freundin vom kleinen Wolf war.

Sie war mit Sandras Familie und ihrer eigenen angereist. Sandras und Annas Eltern waren seit Jahren befreundet und trafen sich jeden 25. Dezember im Klimperkasten. Soviel zur Vorgeschichte. Der Rest des Abends war der weihnachtlichen Stimmung gewidmet. Ich wechselte ein paar Worte mit Anna. Sie war eine dieser unauffälligen Personen, deren Erscheinung mich weder ansprach, noch die man lange in Erinnerung behält.

Zwei Tage später bekam ich eine SMS mit folgendem Wortlaut: »Kann dein Gesicht nicht mehr vergessen. Bist in meinen Gedanken haften geblieben. Gruß Anna!« Ich war zuerst ziemlich verwirrt. »Wer ist Anna?«, fragte ich mich. Ich antwortete kurz und schmerzlos: »Wer bist du?« Nach einer Weile klärte sich die gesamte Geschichte auf und ich erinnerte mich schemenhaft wieder. Ich war nicht betrunken an diesem Abend, trotzdem konnte ich mich nicht daran erinnern, wie sie aussah.

Eigentlich ein tödliches Zeichen. Doch ich machte mir nichts daraus, und wir begannen zu telefonieren und zu flirten. Eines führte zum anderen und wir trafen uns. Nach kurzem Geplänkel fielen wir übereinander her. Im Nachhinein ein riesiger Fehler. Sie sprach mich weder äußerlich noch innerlich an. Doch auf meiner Suche nach Liebe verdrängte ich diese Zeichen meiner Ablehnung und sagte mir: »Das wird schon!«

Nun bis Februar 2003 zog sich unsere Beziehung hin, und in meinem Inneren kam immer mehr Ablehnung gegen sie hoch. Sie hatte den Humor eines altbackenen Mauerblümchens und das Temperament einer Kühltruhe. Doch mitgegangen, mitgefangen. Ich hatte sie am Hals und war anfangs blindlings in diese Sache reingelaufen, um geliebt zu werden. Doch ich wusste, dass sie nicht meine Zukunft bestimmen würde. Sie war eine Frau, die einen Ehemann und sich schnell häuslich niederlassen wollte. Meine Nackenhaare stellten sich auf. Das war etwas, was ich auf keinen Fall gebrauchen konnte. »Eine Hausfrau und Mutter?« Mich schüttelte es bei dem Gedanken. Nein danke, ich muss weg.

Aber vorerst blieb ich bei ihr. Sie hatte ebenfalls eine

harte Zeit hinter sich, und ich konnte es nicht übers Herz bringen, ihr wehzutun. Noch nicht!

Eines Abends saß ich ziemlich erschöpft im Klimperkasten. Wir hatten 40 Essen durchgejagt, und ich wollte mich zum ersten Mal seit langem wieder betrinken. Zu sehr lastete mir die ganze verfahrene Situation mit Anna auf den Schultern.

Bis plötzlich Irina, eine Teilzeitbedienung im Klimperkasten, mich versuchte aufzuheitern. Und sie schaffte es tatsächlich. Ich hatte noch nie eine so charmante Frau getroffen. Sie sprühte vor Esprit und Witz, wobei ihr schönes Lächeln von ihren großen blauen Augen hinreißend untermalt wurde. Auch rein äußerlich war sie eine absolute Schönheit. Etwa 165 cm groß, lange blonde Haare und eine schlanke, aber doch frauliche Figur.

Es war an diesem Abend nicht viel los und Irina lud mich auf eine Partie Darts ein. Während wir fröhlich unserem Spiel nachgingen, ließ sie extra ihre Pfeile fallen, damit ich sie für sie aufhob. Sie hatte anscheinend Gefallen an meinem Hintern gefunden. Doch am ausschlaggebendsten für mich war die Antwort auf eine Frage, die ich ihr stellte. Ich fragte sie, ob sie mich für arrogant hielt, und ihre Antwort kam wie aus der Kanone geschossen: »Nein, hinter dir verbirgt sich mehr als das!« Von da an war es um mich geschehen. Ich musste diese Frau haben. Koste es, was es wolle.

Wir fuhren nach ihrem Feierabend noch gemeinsam mit einem Freund in die Disco, wo sich Irinas und meine Gespräche weiter vertieften. Wir spielten Billard und lachten viel. Unser gemeinsamer Kumpel hatte sich schon vorher abgesetzt, so dass Irina mich heimfuhr.

Doch vorher kamen wir uns bereits im Auto näher. Ich nahm ihre Hand von der angezogenen Handbremse, während sie erzählte, und streichelte sie. Bis unsere Köpfe sich im gleichen Moment zueinander wandten und wir uns langsam und zärtlich küssten.

Es war eine sternenklare Vollmondnacht, und wir fuhren gemeinsam zum Wiesensee. Wo Irina auf meinen Sitz hinüberkrabbelte und wir die ganze Nacht uns gegenseitig wärmten, redeten und rumalberten. Zwischenzeitlich stiegen wir aus, um im Schnee rumzualbern. Doch aus dem Schnee war mittlerweile Eis geworden, und wir flogen gemeinsam hin. Diese Nacht werde ich nie vergessen. Ich unterbreitete Irina auch, dass ich noch liiert war. Sie nahm keinen Anstoß daran, und ich wusste tief in meinem Innern, dass ich mich in diese Frau jetzt schon verliebt hatte. Als sie mich mit aufsteigender Morgenröte nach Hause fuhr, hatte ich Schmetterlinge im Bauch, wie es nur Verliebte haben können. Gänsehaut beschlich mich, wenn ich an sie dachte. Wir blieben per SMS in ständigem Kontakt. Sie empfand das Gleiche für mich.

Doch da war noch das Problem Anna zu lösen. Zwei Tage, nachdem Irina und ich uns gegenseitig erobert hatten, stand mein Geburtstag an. Und ich verließ Anna am selben Tag, ohne ihr zu sagen, dass es eine andere gab. Ein großes Geheule und Gezeter folgte. Ja sogar Selbstmorddrohungen kamen auf den Tisch.

Es war der schlimmste Geburtstag meines Lebens. Die Nacht verbrachte sie noch bei mir. Jedoch schlief ich auf der Couch, und am nächsten Tag schickte ich sie auf Nimmerwiedersehen weg. Ich weiß, dass es hart und gemein war. Aber ich wollte nicht mehr, mein Herz verlangte nur noch nach Irina. Und sie kam einen Tag nachdem ich Anna rausgeworfen hatte endlich zu mir. Ich putzte alles auf Hochglanz und schmiss mich in die besten Klamotten.

Und bei Gott schwöre ich, dass sie all das wert war. Meine ganze Sehnsucht nach Liebe wurde durch ihr Erscheinen gestillt. Alles Gescheiterte war nichtig geworden und das Dunkel begann sich zu lichten. Sie verbrachte meinen Geburtstag alleine in der Disco und wollte eigentlich schon vorbeikommen, um mich in ihre Arme zu schließen. Doch das Warten lohnte sich. Endlich hatte ich jemanden gefunden, der mein wahres Innerstes erblickt hatte. Nach drei Monaten gestand ich ihr meine Liebe, und sie erwiderte sie in vollen Zügen. Und so ist es noch heute nach drei Jahren. Ich liebe sie mehr als alles andere auf der Welt. Am liebsten hätte ich es damals wie heute vor Tausenden von Menschen hinausgeschrien, wie sehr ich sie liebe. Und ich wünsche mir ein langes Leben mit ihr.

Glück auf, Klimperkasten!

Wie ich dazu kam, meine Stammkneipe zu übernehmen? Eigentlich wie die Jungfrau zum Kind. Es hieß im Januar, dass Dominik keine Lust mehr hätte und im Mai aufhören wolle. Also kam meiner Mutter der Gedanke, dass man ja vielleicht noch eine zweite Kneipe eröffnen könnte, da unser Jägerstübchen direkt neben dem Klimperkasten lag. Es war ein Gedanke des schnellen Geldes! Es ging seit der ERA-Pleite bei uns immer nur um schnelles Geld. Damit Altlasten abgetragen und sonstige Löcher gestopft werden konnten. Was wirtschaftlich gesehen, totaler Unsinn ist. Da man nicht mit dem Geld des einen die Schulden des anderen decken sollte. Doch wenn der Gerichtsvollzieher langsam dein bester Freund wird, willst du einfach nur noch deine Ruhe haben. Und das Jägerstübchen warf mittlerweile gute Gewinne ab. Warum also nicht investieren? Aber der tiefere Grund war, dass ich etwas mit meiner eigener Hände Arbeit aufbauen konnte, etwas Gutes, was uns allen hilft. Also nicht lange gefackelt und frisch ans Werk.

Meine Mom, mein Dad, Kai, Irina und ich arbeiteten so oft wir Zeit hatten im Klimperkasten. Eine Person, die ich nicht auf der Rechnung hatte, zeigte sich als ein hilfreicher Arm, den ich niemals mehr missen will. Olli war der Exfreund einer Klassenkameradin, die sich vor kurzem von ihm getrennt hatte. Nach und nach wurden Kai und Olli die besten Freunde.

Er half bei der neuen Deckenverkleidung, die aus Strohmatten bestand, und beim Boxenaufbau und ließ seine gesamte gastronomische Erfahrung, die er in zehn Jahren als Bedienung in verschiedenen Kneipen gesammelt hatte, mir zugutekommen. Aber ich greife zu weit voraus. Erst mal musste renoviert werden. Es wurden neue Sitzbezüge für die alten, verschlissenen Polster angefertigt, die ich eigenhändig mit meiner Mutter bezog. Die Malerarbeiten wurden von Bekannten erledigt, die Kai noch einen Gefallen schuldeten. Ja sogar die alte Pissrinne wurde von Kai breiter gemauert.

Doch der erste Wermutstropfen folgte. Ich wurde von meinen Verpächtern immer mehr unter Druck gesetzt früher als geplant aufzumachen. Der Stichtag sollte der 23. Juni 2003 sein. Mitten im angehenden Jahrhundertsommer sollte ich eröffnen? Mir schwante jetzt schon Übles. Doch ich verdrängte die Gedanken mit »Alles wird gut«-Parolen.

Ein Tag vor dem Eröffnungstermin wurde alles fertig. Es sah noch ein wenig nackt aus, doch die Wände und Regale würden sich mit der Zeit schon füllen. Die Eröffnung an sich war eine mittlere Katastrophe. Was wir jedoch gut vor den Gästen verstecken konnten. Die Kühlung hatte Macken, das Licht war zu hell und die Toilette fing an zu spinnen. Außerdem reichte meine Erfahrung nicht aus, die ich im Jägerstübchen gesammelt hatte. Es war Stress pur. Gott sei Dank gab es Olli. Er nahm alles in die Hand und unterstützte mich so gut es ging. Auch Irina, die vorher schon unter Dominik gearbeitet hatte, war pures Gold wert. Ihr Charme glich so vieles aus, dass man die Eröffnung doch noch gerade als gelungen bezeichnen konnte.

Doch Monate der Einsamkeit sollten folgen. Der

Jahrhundertsommer sollte meine Kneipe und Kasse ausdörren. Unter der Woche verirrte sich kaum ein Gast in meinen Laden und am Wochenende kamen auch nur wenige. Dazu kam, dass Irina für drei Wochen nach Tunesien reiste, um ihr Hobby als Bauchtänzerin zu vertiefen. Ich saß Abend für Abend alleine in meiner Kneipe und tüftelte an Ideen, die sie in Schwung bringen sollte. Dazu kamen die ersten Gerüchte auf, dass ich es nicht länger als ein halbes Jahr schaffen würde. Sogar Wetten wurden abgeschlossen. Die einzigen Ablenkungen waren Ollis Besuche, während denen er mir das Dartspielen näherbrachte. Unterbrochen von ein paar Gästen, die sich als zumindest fester Kern am Wochenende etablierten. Abend für Abend saß ich alleine dort und las Bücher, die ich lange nicht gelesen hatte.

Die Zeit verrann wie in Zeitlupe, und wenn doch mal ein Gast kam, war es schwer, sich zu überwinden, auch nur das kleinste Körnchen Freundlichkeit aufzubringen. Ab September wurde ich mit meiner Pacht rückständig. Auch konnte ich die Getränkerechnungen kaum bezahlen, da das wenige Geld, das ich umsetzte, für andere Finanzlöcher verwendet wurde.

Doch ab Anfang Oktober ging es langsam aufwärts. An den Wochenenden begann sich meine Kneipe zumindest zur Hälfte zu füllen. Ich konnte endlich mal Plus schreiben und anfangen meine Pachtrückstände zu begleichen. Viele Stammgäste etablierten sich, die schon unter Dominik ihr Gastspiel gaben. Dazu gehörten Angi, Basti, Konsti, Wenzel, Brenner, Matze, Gonzo, Otte. Und mein kompletter »Fucki's Angels«-Stammtisch, der jedes Wochenende zur Stelle war. Irina hatte ihre Stammtischecke mit einem fantastischen Graffiti verschönert, ebenfalls den Dartraum, den nun ein allsehendes Auge der Illuminaten verschönerte.

All diesen Menschen muss ich meinen tiefen Dank ausdrücken. Ohne sie wären die nächsten Monate nicht zu schaffen gewesen.

Der erste große Event fand an Halloween statt, für den ich extra einen DJ engagierte. Nico, besser bekannt als »DJ of Silence«, meldete sich über eine Anzeige, die ich in der »Such und Find« aufgegeben hatte. Er rückte mit seinem kompletten Equipment an, um richtig Dampf in den Laden zu bringen. Ich kaufte viele Kürbisse, die ich selbst aushöhlte und einschnitzte. Dazu noch allen möglichen Krempel, den meine kleine Kasse noch hergab.

Der Abend lief schlecht an. Bis um 22.00 Uhr waren vielleicht zehn Leute da. Doch ab zwölf war die Bude brechend voll. Olli, Irina und ich zählten etwa 100 Personen, die sich um uns drängten. Es war eine riesige Party, deren Dröhnen man noch ein paar Straßen weiter vernehmen konnte. Wir hetzten von einer Bestellung zur anderen. Als sich die Reihen langsam lichteten, gönnten wir uns auch ein paar Drinks, deren Wirkung unter der Hitze jedoch verpuffte. Endlich, um 8.00 Uhr morgens konnten wir die Letzten rauswerfen. Ich war hundemüde, doch froh, dass der Knoten anscheinend geplatzt war.

Unter der Woche saß ich meistens noch immer alleine in meiner Kneipe. Doch die Wochenenden waren das Highlight. Aber mit dem Betrieb folgten auch die negativen Seiten dieses Geschäfts. Je mehr Menschen, desto mehr Aggressionspotenzial. Es gab Schlägereien, in die Olli und ich sprangen, Wutanfälle meinerseits, die

Einrichtung ging zu Bruch, Kotze musste aufgewischt werden, die Kühlung vereiste immer wieder, die Toiletten waren überschwemmt, und die psychologische Arbeit, die man als Wirt leisten muss, ist auch nicht zu unterschätzen. Jeder wollte geliebt und gehätschelt werden. Jeder wollte mehr zählen als der andere. Es entbrannte oft ein richtiger Kampf um die Gunst der Thekencrew. Ich putzte und wirbelte alleine, kaufte alleine ein, etc. Es war ein riesiger Haufen Arbeit.

Doch irgendwie begann ich diese Kneipe und die Menschen zu lieben. Man wurde zu einer großen Familie, in der man Positives wie Negatives teilte. Es wäre eine fantastische Sitcom geworden, wenn es gefilmt worden wäre. Ich, der ewig mies gelaunte, aber doch herzliche Chef, Irina, die gute Seele, und Olli, der ewig spaßige und oft fiese Barkeeper. Alle umringt von einer Horde neurotischer, liebenswürdiger Gäste.

Ich kann nicht mehr zählen, wie oft mir in die Kneipe, aufs Klo oder sonst wohin gekotzt wurde. Wie oft betrunkene Gäste rausgetragen wurden oder wer beim Scheißen die Toilette nicht mehr richtig traf. Alles hatte irgendwie seine Ordnung. Auch wenn der Job verdammt an die Substanz geht. Abends um sieben anfangen, morgens um sechs raus, putzen, einkaufen, aufräumen. Alles habe ich selber gemacht. Irina und Olli unterstützten mich zwar, wo es nur ging, doch das Drumherum erledigte ich alles alleine. Auch begann ich mich für einen Fernstudiengang zu bewerben, wo ich jedoch auf die Warteliste gesetzt wurde, da ich den Numerus clausus nicht erfüllte.

Es war eine harte, aber schöne Zeit. Oft war ich genervt,

aber genauso oft musste ich lachen. Am lustigsten war es, wenn man Pärchen auf der Toilette während einer schnellen Nummer erwischte. Wir konnten uns kaum halten, wenn sie mit hochrotem Kopf und außer Atem von der Toilette kamen. Man konnte in unseren Gesichtern lesen, dass wir alles wussten. Aber an manchen Abenden flogen mir auch die Gläser um die Ohren, wenn es richtig krachte. An einem Abend mussten wir uns mit sechs Leuten auf einen Kerl stürzen, der nicht mehr zu bändigen war.

Auch traf man auf Schnorrer und Spielsüchtige, die den ganzen Abend vor den Spielautomaten hingen. An vielen Tagen stand ich mit Grippe hinter der Theke, ebenfalls an Weihnachten und Silvester. Weihnachten, das waren Tage des großen Umsatzes, genau wie Silvester. Auch wenn einige meinten, Böller in der Kneipe anzünden zu müssen. Wir hatten alle unser Herzblut in diesen Laden gehängt, und das merkten die Menschen.

Ab Halloween lief das Geschäft fantastisch. Karneval war ein weiteres Highlight, an dem sich halb Westerburg in meiner Kneipe traf. Mal abgesehen davon, dass meine Boxen um 1.00 Uhr den Geist aufgaben, lief alles perfekt. Auch die Menschen, die meine Kneipe von Anfang an ablehnten, kamen bald wieder in ihre alte Kneipe zurück.

Alles lief gut, bis ich auf eine Brauerei traf, die mit Niedrigpreisen warb. Bei mir gingen natürlich alle Alarmglocken an, als ich die Preise sah. Das Bier wollte ich um jeden Preis haben. Meine Kneipe war laut Vertrag ungebunden, und ich konnte machen, was ich wollte. Also besorgte ich mir das billige, aber gute Bier und verkaufte es mit großem Erfolg. Jedoch bekam dies Herr Benno Eitel heraus. Er war unser angestammter Getränkelieferant und schäumte vor Wut. Stellen Sie sich ihn wie ein Wildschein vor. Genauso borstig, fett und stur. Er hat die Intelligenz einer Coladose und das Gemüt eines Beamten, der im Schlaf gestört wurde. Was er nicht alles für mich getan hätte und bla, bla, bla. Er drohte mir auf offener Straße Prügel an, beleidigte mich und nannte mich einen dummen Jungen. Das wäre alles nicht schlimm gewesen, wenn er nicht meinen Verpächter unter Druck gesetzt hätte. Es stellte sich heraus, dass ein Bierbezugsvertrag mit einer großen Brauerei auf meinen Laden lief, wovon ich nichts wusste. Bei einem Bierbezugsvertrag erhält man wie bei einer Bank einen Kredit. Den man mit dem Kauf des betreffenden Bieres abbezahlt. Also hatte er ein Druckmittel in der Hand, und da ich noch in Pachtrückstand war, wurde mir zum ersten Mal mit dem Rausschmiss gedroht.

Lange Wortgefechte und Hasstiraden folgten. Mein Bier konnte ich nur noch bei Nacht einladen, weil ich Angst hatte, bei der nächsten Lieferung erwischt und rausgeschmissen zu werden. Tage der Angst plagten mich. Dazu kam noch, dass meine Nachbarn zu rebellieren begannen. Und die Polizei fast jedes Wochenende bei mir wegen Ruhestörung auf der Matte stand. Seit dreißig Jahren gibt es diese Kneipe in Westerburg und noch nie hatte jemand einen Aufstand gerissen. Nur bei mir fing es an.

Wie kann man auch ein Kinderzimmer zur Straßenseite bauen? Eigentlich hätte ich auf mein Gewohnheitsrecht pochen können, doch woher das Geld nehmen?

Der nervliche Stress wurde immer schlimmer. Ich hatte jedes Wochenende Angst, dass die Bullen wieder dastanden. Immer lief ich raus, um zu hören, ob es ja nicht zu laut draußen ist. Ich glich bald mehr einem Tiger, der in seinem Käfig auf und ab geht, als einem Menschen. Immer hatte ich Angst, meinem Verpächter Benno Eitel oder sonst jemandem über den Weg zu laufen.

Auch begannen mich die Restschulden der ETAB zu erdrücken. Mahnbescheide flatterten nur so in unseren Briefkasten. Manchmal hatten wir noch nicht mal mehr fünf Euro in der Tasche. Ich war arm wie eine Kirchenmaus, und von meinem erschufteten Geld blieb nichts übrig. Bis Mai 2004 schien es besser zu werden. Die Rocknacht, die ich mit einer Band veranstaltete, war ein voller Erfolg. Es waren 150 Personen anwesend, und die Kneipe bebte unter den dröhnenden Gitarren von Disillusion. Doch zwei Tage später flatterte die Kündigung meines Verpächters ins Haus. Ich wollte nicht aus meinem Klimperkasten raus. Ich habe diese Kneipe mit meinen eigenen Händen aufgebaut und wollte nicht, dass alles zerstört wird. Doch kein Bitten, Jammern und Heulen half. Ich musste zum 31. Mai 2004 aus meinem Laden raus.

Ich erzählte keinem was, sie sollten diesen jämmerlichen Untergang nicht mitbekommen. Nach außen war alles so wie immer. Wir waren freundlich, lustig und planten sogar Brauereibesichtigungen und Shirts mit unseren Stammgästen. Bei jedem dieser Ereignisse, die nie stattfinden würden, blutete mir das Herz. Nur meine Familie, Olli und vor allem Irina gaben mir in dieser Zeit Rückhalt. Meine alten Kumpels sah ich in dieser

Zeit kaum. Alle waren zu sehr mit sich selbst beschäftigt. Außerdem hatte ich mich von ihnen abgesetzt, seitdem ich von der Theke gefallen war und auf Irina getroffen bin.

Ich wollte alles hinter mir lassen und von vorne anfangen. Ich hatte eine Frau, die ich liebte, einen guten Kumpel und Arbeit, die mir Spaß bereitete. Doch alles wurde wegen widriger Umstände zunichtegemacht. Alles ging kaputt wegen unserer schlechten finanziellen Vergangenheit, wofür ich eigentlich nichts konnte. Hätte ich Kapital im Rücken gehabt, wie man es normalerweise bei einer Geschäftsgründung haben sollte, wäre es nie so weit gekommen. Aber nur das schnelle Geld wurde gesehen, um uns vor dem Armenhaus zu bewahren. Aber mir wurde klar, dass ich meiner Vergangenheit nicht entfliehen konnte und es nicht an mir lag, dass ich meine geliebte Kneipe aufgeben musste. Das Gefühl tröstete mich ein wenig. Doch was mich noch mehr tröstete, war das Sinnen nach Rache. Rache an allen, die uns betrogen und belogen hatten. Rache an allen, die mir ans Leder wollten. Wieder einmal zog ich mich zurück, um nachzudenken.

Ich kratzte meine letzten Kröten zusammen, um mit Irina in einen wohlverdienten Urlaub zu fahren, bevor ich meine Kneipe und ein weiteres Kapitel meines Lebens schloss. Geschäftlich hatte ich versagt, doch menschlich habe ich viel gelernt. Mein Hass auf Spießbürger steigerte sich immer weiter. Nie wieder würde ich mich zu leichtsinnigen Investitionen treiben lassen und nie wieder die Kaltherzigkeit der Menschen unterschätzen, wenn es ums Geld ging.

Ich hatte endlich die Liebe meines Lebens gefunden. Was wichtiger ist als Geld. Doch ich war nach diesem Abenteuer arm wie eine Kirchenmaus. Gott sei Dank gab es noch unser Jägerstübchen. Wohin ich mich zum Arbeiten zurückzog, um vor allem mit meiner Mutter unsere Schulden abzutragen. Aber im Nachhinein, als ein neuer Pächter in meine alte Kneipe gezogen war, fragte mein ehemaliger Verpächter meine Mutter, warum ich aufgehört hätte. Er hat wohl durch Alterssenilität vergessen, dass er mich rausgeworfen hatte. »Es wäre doch so gut gelaufen am Ende!« Tja, mein lieber Herr … Im Nachhinein weiß man meistens erst, was man am Alten hatte. Späte Genugtuung für mich. HE, HE, HE.

Hier und Heute

Der Zen Buddhismus lehrt uns, dass wir im Jetzt leben sollen, und nichts anderes tue ich. Ich habe eine wunderbare Familie, die ihre Krisen hat, doch aus jeder immer wieder gestärkt herauskommt, wie Phoenix aus der Asche.

Meinen Vater und mich hat nie viel verbunden. Manchmal hasste ich ihn aus tiefstem Herzen. Er kommt auch kaum in meinem Buch vor, da er die meiste Zeit nicht da war, während sich mein Leben abspielte. Er ist jetzt Gott sei Dank Rentner, und dieses gefestigte Einkommen hat auch ihn gefestigt. Er hat einmal zwei Wochen mit einer schweren Depression im Bett gelegen und wollte nicht mehr leben. Es war verdammt hart. Aber er ist heute zufriedener als die letzten Jahre.

Als Kind war er für mich immer der strenge, aber liebenswerte Vater. Als Jugendlicher der Böse, der keinen Spaß erlaubte, und von dem ich mich nie verstanden fühlte. Heute ist er für mich ein älterer Mann, dessen Lebenswerk fast zerstört worden ist, den ich aber trotz seines Murrens und Meckerns respektiere und liebe.

Seine manchmal nicht so böse gemeinten Worte prallen an mir ab. Ich bin es leid, um seine Anerkennung zu streiten, wie ich es früher tat. Und tief in seinem Inneren ist er immer noch der Mensch, den ich als Kind so sehr liebte. Jedoch erinnere ich mich immer mehr an einen Satz. Ich weiß nicht mehr, von wem er war, aber er trifft den Nagel auf den Kopf: »Mit 19 dachte ich, mein Vater sei der größte Ignorant. Mit 23 war ich erstaunt, was der alte Mann alles dazugelernt hat!« Mit der Zeit merkt man mehr und mehr, dass man viel von ihm lernen kann. Ich liebe ihn trotz allem.

Meine Mutter ist einer der stärksten Menschen, die ich kenne. Sie feuert uns alle immer wieder an, um weiterzumachen. Sie hat mir beigebracht, niemals aufzugeben und nur um des eigenen Stolzes willen zu kämpfen. Uns verbindet vieles. Sie war immer da während ich aufwuchs, hatte Verständnis, baute mich auf und schaffte es trotz allem noch, meine Großeltern zu pflegen. Diese Frau hat einen Traum. Unsere Familie in ein ruhigeres Leben zu führen. Und sie wird es schaffen. Ich glaube fest an sie. Wir werden alles aus eigener Kraft schaffen, ohne die Hilfe anderer. Oft ist es ein schlimmer Schock für Kinder, wenn sie merken, dass ihre Eltern auch nur Menschen sind und keine Götter. Bei meinem Vater war es so. Es war ein Schock für mich, als ich merkte, dass er nur ein schwacher Mensch ist und kein Fels in der Brandung. Doch macht das ein Elternteil nicht erst recht liebenswert?

Dies sollte man als Jugendlicher und fast Erwachsener immer bedenken. Wir alle sind leider nur Menschen und nichts anderes. Meine Mutter hat mich zwar immer beschützt, wo ich mich nicht selbst schützen konnte. Doch sie hat mich auch zu einem kritischen Menschen erzogen, der vor allem viel Wert darauf legt, seine eigenen Fehler zu machen, die er auch gemacht hat. Eigentlich müsste ich ein ganzes Buch nur ihr widmen. Ihre Lebensgeschichte erzählen und nicht meine.

Kai, mein geliebter Bruder, ist auch wieder auf dem Weg der Besserung. Nachdem er mit in den Schlamassel der ganzen ERA- und ETAB-Krise geraten ist und noch eine selbstzerstörende Beziehung geführt hat, geriet er für zwei Jahre völlig aus dem Lot. Doch jetzt hat er wieder eine feste Arbeitsstelle gefunden und möchte uns alle tatkräftig unterstützen.

Ina, meine Schwester, führt ihr eigenes Leben mit ihrem Mann und zwei Kindern. Auch ihnen ging es eine Zeit lang finanziell dreckig. Doch sie haben sich auch wieder hinaufgearbeitet. Meine Nichte und mein Neffe sind die süßesten Kinder der Welt. Wir sehen uns zwar nicht oft, doch wir sind uns tief verbunden.

Doch was ist mit mir? Ich bin immer noch mit Irina zusammen und verliebe mich jeden Tag aufs Neue in sie. Wir haben uns noch nie gestritten, und ich hoffe, dass es für immer so bleibt. Auch sie hat mir immer wieder Mut zum Weitermachen gegeben und mich aufgebaut. Wir fangen uns gegenseitig auf und sind immer ehrlich miteinander. Sie ist die Liebe meines Lebens. Und ich wünsche mir eine lange, gemeinsame Zukunft mit ihr.

Olli ist zu meinem besten Freund avanciert, er und seine Frau Claudia haben mittlerweile eine süße kleine Tochter. Wir zwei Pärchen treffen uns jeden Sonntag, um etwas zu unternehmen, Brettspiele zu spielen und zu kochen. Leider hat dies in letzter Zeit abgenommen, wir haben alle so viel um die Ohren.

Es ist eigentlich ein wunderbares Leben. Doch ist Geld alles? Die Ups und Downs meines Lebens haben mich hart gemacht. Meine Seele ist durch diese Hölle zu Stahl geschmiedet worden, und ich verachte die meisten Menschen dieser Welt. Man mag jetzt von Verbitterung sprechen, doch ich nenne es eher Realität. Wir Menschen sind keine mitleidigen Wesen.

Wir sind wie der Leviathan, das alles verschlingende Monster. Manchmal mögen Güte und Mitleid aufblitzen, doch zumeist regiert der Eigennutz. Meine Studien habe mich tief in der Geschichte verwurzeln lassen, und ich denke in der Geschichte. Ich habe durch viele Bücher die Abenteuer Friedrichs des Großen erlebt und mich immer wieder an ihm hochgezogen. Ja man kann sagen, dass ich diese historische Gestalt lieb gewonnen habe. Vielleicht werde ich eines Tages einen Friedrich-Roman schreiben, der die Welt an jenen großen und vor allem wohltätigen ersten Diener seines Staates erinnert und an seine faszinierende Doppelnatur in jungen Jahren, der ich so oft schon in meinem kurzen Leben nachfühlen konnte.

Aber weder erträume noch erhoffe ich mir viel. Ich bin ganz Philosoph geworden und sehe die voranschreitende Geschichte der Welt wie eine Komödie an. Alle nehmen sich so verdammt ernst und wichtig in ihrer kleinbürgerlichen Welt, dass sie die schönen Seiten nicht mehr sehen. Am Ende sind wir doch nur alle Bettelhelden und Don Quichottes, die gegen Windmühlen kämpfen.

Ich vermisse die englischen Gentlemen, die preußischen Offiziere auf dieser Welt. Die mit einem flotten Bonmot auf den Lippen lebten und starben. Uns fehlt diese Nonchalance, doch für manche hallt sie noch aus vergangener Zeit nach. Ich möchte nicht sagen, dass früher alles besser war. Doch vielleicht wäre ich damals besser zurechtgekommen?

Ich bin menschenfeindlich und elitär geworden, das

hat die Welt aus mir gemacht. Oder habe ich es freiwillig aus mir machen lassen? Es heißt, dass wir alle Kinder der Umstände wären, doch sollten wir nicht alle gleich sein? Nein, das ist eine Illusion, der Mensch ist bis zu seiner Geburt gleich, jedoch unterscheidet den Esel, der Mist trägt, von dem Esel, der Reliquien auf seinem Buckel hat, nur der Umstand seiner Geburt.

Und diese Umstände prägen uns. Ich bin kein Mann, kein Fontane oder Böll, doch dies ist mein Leben, das ich lebe und kämpfe. Mein Leben, Leiden, Lieben ist nun auf dieses Papier gebannt.

Und mit einem leisen Lächeln schließe ich (vergesst aber die folgenden Denkschriften nicht) und gebe euch eins mit auf den Weg: »Ihr könnt mich alle mal!«

Oder ist am Ende der Mensch doch noch gut? Die Welt schön? Nein, ist sie nicht. Aber wir alle sind weder ganz Engel noch Teufel. Und obwohl ich ein Menschenfeind bin, kann ich mir ein sanftes Lächeln manchmal nicht verkneifen.

Euer Sebastian Fuckert

ENDE!

Nachwort

Und war es so schlimm, wie ich dachte? Ich hoffe es. Sonst wäre ich mein Geld nicht wert gewesen und die vollmundigen Versprechungen des Anfangs nur blanker Hohn. Ich bin in der Zeit, in der ich dieses Buch geschrieben habe, in meinen Erinnerungen erneut durch die Hölle gegangen. Als die Erinnerungen aufkamen, standen mir bei manchen Kapiteln die Tränen in den Augen. Aber bei genauso vielen Kapiteln musste ich mich vor Lachen wegschmeißen.

Ich hoffe, geneigter Leser, du hast meine Welt auch mit einem lachenden und einem weinenden Auge gesehen. Und vielleicht habe ich dir auch wenigstens ein paar spannende Momente beschert, die dir der Titel versprochen hat. Wer weiß? Es gibt bestimmt viele Menschen, die noch eine weitaus spannendere Geschichte zu erzählen haben. Doch sich nicht trauen oder vielmehr schämen.

Dieses Buch sollte auch eine Ermutigung sein für jene, denen es schlecht geht. Dass sie durchhalten sollen und nie die Hoffnung auf eine bessere Zeit aufgeben dürfen. Denn die Hoffnung stirbt zuletzt, und wenn sie gestorben ist, ist kein Leben mehr lebenswert und man sollte sich lieber einen Strick nehmen. Denn ohne Hoffnung hat man auf dieser Welt nichts verloren. Auch wenn ich in manchen Sätzen das Gegenteil behaupte. In diesem Buch hat euch eine Doppelnatur nur eine fantastische Komödie vorgespielt. Die jedoch leider wahr ist. Jedes einzelne Ereignis ist mir zugestoßen. Und ich hatte nur zwei Möglichkeiten: kämpfen oder untergehen, und ich habe gekämpft und kämpfe immer noch. Es ist die Leidenschaft für das Leben, die mich antreibt, und dieses Buch ist ein Teil all dessen. Es wurde aus Leidenschaft und Liebe geschrieben.

Jedes Wort, jeder Satz pulsiert vor Leben, Trauer, Liebe und Hoffnung. Und vor allem muss ich mich bei den Menschen bedanken, die mich immer unterstützt und angetrieben haben zu schreiben. Am meisten muss ich meiner Familie danken, die mich immer aufgefangen hat. Aber am allermeisten meiner geliebten Irina, die mir die Leiden dieser Welt immer versüßt und ohne die ich nicht mehr leben könnte. Dieses Buch ist auch eine Liebeserklärung an dich, mein Engel. Ich liebe dich mehr, als es Worte je beschreiben oder auch nur je erahnen lassen könnten.

Aber leider, leider bin ich nun seit dem 23. Mai 2006 tot.

Hatte die Ehre, meine Freunde!

PS: WAR NUR EIN WITZ!!
BIN IMMER NOCH VOLLER LEBEN.
NEHMT MIR DEN STREICH NICHT ÜBEL.
ICH KONNTE EINFACH NICHT WIDERSTE-
HEN.

Gedanken eines Deutschen

Oft wurde ich von ausländischen Bekannten gefragt, ob ich stolz bin, ein Deutscher zu sein. Ich antwortete immer, dass ich von Herzen und mit ganzer Liebe Deutscher bin. Aber vom Kopf aus bin ich Preuße. Ich wurde in diesem Land geboren und werde hier sterben. Es ist meine Heimat, deshalb bin ich von Herzen Deutscher. Ich liebe die Toleranz oder besser gesagt die Gleichgültigkeit des klassischen preußischen Staates gegenüber Religionen. Die wie ein Mahnmal für das Jetzt aus der Geschichte ragt. Mich interessieren der reine Profit, die Pflicht und das Arbeiten der Menschen. Um mit Friedrich Wilhelm I. zu sprechen: »Das Plusmachen!« Man sollte sich nie von Ideologien, geschweige denn von guten Absichten in der Politik leiten lassen. Dies hat uns in den letzten hundert Jahren zwei schlimme Weltkriege gebracht. Wohl muss man auch sagen unseren technischen Fortschritt beschleunigt. Und vor allem den Aufstieg unserer ach so geliebten Arbeiterklasse in Deutschland. Sie hat uns nach dem Krieg wieder aufgebaut, wir waren wieder wer. Auch wurde durch diese herrschende Klasse unser Sozialstaat aufgebaut. Doch jetzt in Zeiten der überalterten Gesellschaft und des Geburtenrückgangs blockiert sie neue Wege, auf denen wir dringlichst voranschreiten müssten. Sie, die sie gegen die Verkrustungen in der Gesellschaft gekämpft hat, ist selbst zu einer geworden. Auch unser Sozialstaat wird sich so, wie wir ihn kennen, nicht mehr erhalten lassen. Doch die notwendigen Reformen werden durch Parteienklüngel und

Egoismus behindert. Es herrscht kein Miteinander. Vielleicht muss es unserer Wirtschaft erst noch schlechter ergehen, bis man den Karren endlich aus dem Dreck zieht? Erst wenn es fünf vor zwölf ist, wird rapide gearbeitet.

Das kenne ich aus meiner eigenen Familie, und es bleibt am Ende nur Flickwerk. Grundsätzlich, langhaltig wirkende Reformen sind notwendig, die sich langsam auswirken. Schnelle Besserungen bringen meist nur Teil- oder überhaupt keine Erfolge.

Doch soll man den Politikern ihre falschen Versprechungen vorwerfen? Sie sind auch Menschen, die immer irgendwo eine Wahl zu bestehen haben und sich auch um ihre eigene Zukunft Gedanken machen müssen. Ich schließe mich dem von mir sehr bewunderten (auch, wenn er das bestimmt nicht hören mag) Helmut Schmidt an und sage, dass man alle Landtagswahlen, Kreistagswahlen etc. auf einen Tag legen sollte. So dass man maximal zwei Wahltage im Jahr hat. Eingeschlossen der Bundestagswahl. Auch sollte man die Schule des Schuldenmachens in Deutschland aufgeben und den Markt bzw. die Wirtschaft sich von selbst regulieren lassen. Und der europäische Zusammenschluss muss noch mehr gefördert werden. Denn im Kleinen wie im Großen: »Nur gemeinsam sind wir stark!« Wir Europäer haben eine zum Großteil gleiche Kultur mit diversen Abstrichen. Doch unsere Geschichte verbindet uns.

Und diese Verbindung muss auf Gedeih und Verderb gestärkt werden, so dass wir überleben. Der europäische Wirtschaftsblock gebündelt, übertrifft die Wirtschaftsmacht der USA bei weitem. Ich war immer ein Freund der Amerikaner, bin ihnen dankbar, dass sie uns nach dem Zweiten Weltkrieg wieder auf die Beine geholfen haben und uns befreit haben vom Naziterror, doch die neo-konservativen Ansichten der Bush-Regierung, die am liebsten mit dem Vaterunser die Welt unter einem pax americana vereinen würde, teile ich nicht.

Es ist teilweise christlicher Fundamentalismus, der dort hervortritt, und vor dem ich eindringlich warne, ihn nicht zu unterschätzen. Wir Deutschen sind ein Teil der Nato und der Vereinten Nationen, wir müssen unsere Stimme erheben. Uns von unserer Schuld, die wir am Naziterror tragen, frei machen, aber sie niemals vergessen. Und wieder aufrecht gehen lernen. Wir sind auch ein Teil Europas und dürfen keine Einmischung der USA dulden. Die USA verhalten sich zurzeit wie Frankreich nach dem Dreißigjährigen Krieg. Sie wollen Europa mit aller Macht zersplittern, wie Frankreich Deutschland zersplittert hielt, dass keiner gegen ihre Politik aufbegehre. Ich weiß, dass wir Deutschen keine Revolutionäre sind, doch wenn es um Freiheit, Ehre und Selbstbestimmung geht, müssen wir uns mit als Erste erheben und sagen: »Wir sind Europäer und Deutsche!« Wir sind stolz auf das, was wir geleistet haben, und wir wollen selbst bestimmen, was mit uns passiert!

Die Eigenständigkeit Europas muss gesichert bleiben. Wir dürfen keine Provinz des amerikanischen Imperiums sein. Wir haben die Geschichte über Jahrhunderte mitbestimmt, als an die USA noch nicht zu denken war. Wir haben untereinander unsere Kriege gefochten, schlimme Kriege. Doch wir haben untereinander Frieden geschlossen und wollen brüderlich für ein geschlossenes Europa kämpfen.

Denn nur ein geeintes Europa kann dem derzeitigen Imperialismus der USA entgegentreten. Vor allem Deutschland, England und Frankreich müssen ihrer Verantwortung gerecht werden. Ja wir Deutschen müssen wieder Verantwortung übernehmen, und damit meine ich alle Deutschen. Wenn wir unsere eigenen Probleme in den Griff bekommen, können wir mithelfen ein Europa zu schaffen, das an Fortschritt und Kultur ein Beispiel sein sollte. Europa, das war einmal ein Traum. Ein Traum wie ein geeintes Deutschland, das trotzdem zustande kam. Auch wenn wir uns mit Nachwehen plagen. Wenn wir alle unsere spießbürgerliche Mentalität ablegen würden, unsere Geschichte nicht vergessen, sondern immer in Erinnerung behalten, aber uns nicht von ihr ducken lassen und schön einen Schritt vor den anderen setzen, wird Deutschland vielleicht eines Tages mit allen anderen europäischen Nationen eine wunderbare Staatengemeinschaft bilden, die ihresgleichen sucht. Und vielleicht werden wir auch in der Welt wieder etwas zu sagen haben. Und vielleicht, aber auch nur vielleicht, wird sie ein preußisches Gesicht tragen. Ich hoffe auf die Vernunft aller Europäer und vor allem auf die Vernunft der Deutschen. Es mag sich etwas träumerisch anhören, doch es ist ein mit der realen Politik zu erfassendes Ziel.

Von unserer Zeit

Man mag anfangen wie in einem Märchen: »Es war einmal vor langer, langer Zeit …« Doch es ist noch nicht allzu lange her, dass es en vogue war, sich als Bürger aus freier Entscheidung zu bilden. Als es noch selbstverständlich war, dass die Familie zusammenhielt, dass man sich half. Als die Religion kein politischer Bestandteil war. Worüber nicht einmal diskutiert wurde. Viele solcher Beispiele lassen sich aufzählen, doch diese drei müssen erst einmal genügen. In unserem unerschütterlichen Fortschrittsglauben haben wir etwas vergessen. Wir haben vergessen, dass wir Menschen sind. Wir Deutschen sind »vermaßt« worden, nur noch ein Teig, den man schön formen kann.

Man mag sagen, dass Gustav le Bon (Psychologie der Massen) zum Götzen unserer Zeit wurde. Warum ist das so? Wir Deutschen haben uns selbst verloren. Zwar sind wir Exportweltmeister, doch Weltmeister sind wir auch im Meckern und im Neid. Unser Selbstbewusstsein ist wie nach den großen Schrecken des Dreißigjährigen Krieges immer noch am Boden.

Wir Deutschen können uns nicht freisprechen von den Schrecken des Zweiten Weltkrieges. Es darf nie vergessen werden, welche Verbrechen dort vor sich gingen. Jedoch sollten wir uns langsam und behutsam wieder erheben. Deshalb danke ich schon alleine Horst Köhler für den Satz: »Ich liebe dieses Land!« Doch wie soll es vonstattengehen, dieses »erheben«? Alles beginnt in der Politik, und die kleinste politische Einheit ist die Familie. Doch wo sind die Familien? Sie sterben aus. Vielen Menschen ist es zu schwierig geworden, eine Familie zu gründen. Aber vielen auch zu teuer.

Doch der wertvollste Reichtum eines Landes, das sind seine Menschen. Familien müssen mehr gefördert werden. Wenn man alleine bedenkt, was ein Kindergartenplatz heute kostet, mag man nur den Kopf schütteln. Auch zersplittern viele Familien heute, entfremden sich durch die Sorgen des Alltags. Fernsehen und Internet ersetzen die Erziehung. Doch Erziehung ist vielleicht das Allerwichtigste auf dieser Welt für uns Menschen. Und Politik ist, wie Friedrich der Große schon gesagt hat, immer auch Erziehung.

Der Deutsche an sich ist kein Revolutionär, und das wird er auch nie sein. Vielmehr muss eine, ich nenne es lieber Reform als Revolution, da der Begriff für manche Kleinbürger zu sehr von Blut befleckt ist, von »oben« kommen. Es mag sich anachronistisch anhören, wenn ich vom ersten Diener des Staates spreche, doch dies sollte der Politiker immer sein. Es sollte ihm eine Ehre sein, ein deutscher Staatsbürger zu sein und diesem Land zu dienen. Aber seine verdammte Pflicht und Schuldigkeit gegenüber der Allgemeinheit zu tun, sollte auch jedem Deutschen oberstes Gebot sein. Ein jeder soll in seinem Leben und auch in seinem privaten Leben vollkommen frei sein, wenn er nur seine Pflicht getan hat. Doch sind wir wirklich frei? Oder besser gesagt, vollkommen demokratisiert? Sind wir überhaupt reif für Selbstverantwortung? Nein, wir sind es nicht! Dafür fehlt uns die Erziehung! Wir sind immer noch des Menschen Wolf, und genau dort muss der Staat einspringen.

Er muss den Bürger zur Pflichterfüllung gegenüber der Allgemeinheit erziehen, und dies lässt sich nur durch Bildung erreichen. Warum lehrt man in den Schulen keinen Voltaire, keinen Montesquieu? Warum hört man im Geschichtsunterricht nichts von Friedrich dem Großen, außer seinen Schlachtensiegen? Warum hört man über Friedrich Wilhelm I. von Preußen nur seine Soldatenmarotten, anstatt sein fantastisches Reformwerk zu bewundern?

Man hat das Edikt von Potsdam des großen Kurfürsten Friedrich Wilhelm vergessen, das Gegenstück zum Edikt von Nantes' Ludwigs des Vierzehnten. Dieses Edikt von Potsdam, das allen Einwanderern in der Mark Brandenburg vollkommene Religionsfreiheit zusicherte. Und kommen Muselmanen in unser Land, so wollen wir ihnen Moscheen bauen, solange sie ein rechtes Leben in unserem Staat führen. Kurz und gut, wir haben Preußen vergessen, das klassische Preußen wohlgemerkt. Viele mögen jetzt aufschreien und von Militarismus und Kriegstreiberei lamentieren. Doch dies ist wieder mangelnde Bildung, die aus Bürgern spricht, die nicht über die Kirchturmspitze hinausschauen. Trotz aller Globalisierung. Und jetzt bitte nicht weglaufen! Ich fordere keinen Agrarstaat. Beurteilen Sie bitte die Geschichte von gestern nicht mit den Maßstäben von heute. Dies wäre der größte Fehler überhaupt.

Mir ist durchaus bewusst, dass es die reine Despotie war. Man muss aber auch die Menschen dieser Zeit berücksichtigen, die zu 90 % Analphabeten waren. Doch wenn zwei Könige einem Haufen ungebildeter Menschen anerziehen konnten, Preußen zu sein, wie einfach müsste es eigentlich sein, unser Land mit unserem heutigen Bildungsstandard zu reformieren? Doch ich ahne, dass trotz meiner Zerstreuung des Despotiegedankens ihnen immer noch das militaristische Vorurteil im Kopf herumspaziert.

Preußen führte in seiner Geschichte weniger Kriege als alle anderen Großmächte des Kontinents. Preußen reichte auch als Erstes den jungen Vereinigten Staaten in einem Freundschafts- und Handelsvertrag in dem letzten Lebensjahr Friedrichs des Großen die Hand. Auch fragte man beim heute vergessenen Prinzen Heinrich von Preußen an, ob er nicht in Amerika so etwas wie eine Königsposition ausfüllen möge. Wir haben Preußen und unsere eigene Kultur vergessen. Preußen hörte im Jahre 1871 auf zu existieren, es ging im bismarckschen Reich auf. Und Wilhelm I. hat es zu Recht mit Tränen zu Grabe getragen.

Doch wir können und müssen aus der Geschichte lernen. Warum bekommen neu gegründete Unternehmen nicht ein oder zwei Jahre Steuerfreiheit? Warum wird die Hälfte der Finanzverordnungen, die vollkommen unnötig sind, nicht gestrichen? Warum wird keine große Bildungsreform durchgeführt? Die Politik stockt, sie ist verkrustet und nicht tauglich, wenn sich die Parteien lieber gegenseitig blockieren, als gemeinsam anzupacken, um etwas zu erreichen, um das Allgemeinwohl zu fördern und ihre Pflicht und Schuldigkeit tun.

Es als Ehre ansehen, zu helfen. Einfach innovativ zu sein. Wir, das deutsche Volk, haben gemäß des Artikels 146 GG immer noch die Möglichkeit, uns eine gemeinsam beschlossene Verfassung zu geben. Nicht dass unser

Grundgesetz schlecht wäre, jedoch man sollte sich alles noch einmal genau vornehmen. Ich fordere nur Maßhalten und Gerechtigkeit für alle Menschen. Wie kann es sein, dass sich Abgeordnete auf unsere Kosten sanieren? Wie kann man so egoistisch sein? Würden nicht 5000 Euro Gehalt genügen? Wirtschaftliche Interessengruppen haben, wenn sie zu ihrem Vorteil wirken wollen, sich aus der Politik rauszuhalten. Doch dies mündet wieder alles im Anfang aller Dinge. Der Erziehung. Sie macht uns zu aufgeklärten Bürgern, und genau dort muss der erste Schritt getan werden. Nicht herrschende Schichten ändern, dies bringt nichts. Wenn man den Menschen durch Erziehung nur ein kleines Stück ändert, so hat man schon etwas Gutes getan. Und auch nur durch Erziehung haben Reformen Bestand.

Und doch, die Ideen kommen wieder, Geschichte wiederholt sich. Und vielleicht wird auch Deutschland wieder eines Tages danach streben, die fortschrittlichste Nation der Welt zu sein. Und vielleicht, aber auch nur vielleicht, wird es dann ein preußisches Antlitz haben. Mag sein, dass ich meinen Kopf zu weit über meinen eigenen Kirchturm gereckt habe und dass man meine Ansichten verdammen wird. Doch ich habe wenigstens versucht zu denken. Und dies ist das Mindeste, was man von einem deutschen Staatsbürger verlangen kann.

Das Bettelweib

Das Schaufenster spiegelt sie wider.
Spuren des Alters.
Spuren des Lebens.

Einst war sie die Aphrodite.
Göttin der Liebe.
Traum einer jeden Nacht.
Das Leben hat sie verbrannt.

Tränen sammeln sich, fließen, tropfen.
Benetzen ein Bild.
Ihr Mann, ihr Leben.
Alles verbrannt.

Hunde bellen. Kinder schreien.
Wankende Gestalten. Verloschene Lichter.
Das Leben hat sie alle verbrannt.

Leise stöhnend
Schiebt sie ihren Wagen, ihr Leben, ihr Gut
In das Dunkel der Nacht.

Gedanken eines Rebellen

Die Welt ist wie ein Traum.
Weder Schein noch Sein.
Kein Glück oder Frieden ist mir beschert,
bin ich es denn überhaupt wert?
Das Glück hat mich verlassen, lass uns alles verprassen.

Doch da trittst du ein, wie ein Komet in hellem
Schein.
Gleich Göttin Aphrodite mit sonderbarem Glanze.
Du bist meine Welt, mein Segen.
Bist vielleicht der Stern meines Lebens.
Oder doch wieder nur ein schlechter Scherz der Welt?

Ist denn alles nur ein großes Spiel?
Es wird mir alles zu viel.
Der lange Kampf ist verloren, schon von des Anfangs
Schwelle.
Manchmal denke ich, uns bleibt nur die Hölle.
Hat mich denn der Himmel verbannt?
Vielleicht bist du doch ein Wink des Himmels, obwohl
ich glaubte, ich sei verstoßen.

Ich zeige dir eine andere Welt, aber ob sie dir gefällt?
Oft sind es Täler voller Tränen.
Es fliest meist Eis in meinen Venen.
Doch in meinem Herzen brennt ein Feuer sonderglei-
chen.

Vor dem selbst Luzifer muss weichen.

Die Welt ist nicht genug,
vielleicht bin ich selber nur Lug und Trug?
Willst du es erfahren?

Luzifers Monolog

Wer ich bin?
Niemand.
Woher ich komme?
Nirgendwo.
Jahrhunderte der Ängste quälten mich ganz im schwarzen Tuxedo durch die Hallen der Zeit.

Einst war ich der Morgenstern der Welten.
Tief gefallen in der Hitze der Nacht.

Die kühle Erde nahm mich auf wie die Sonne die Sterne.
Dunkle Gezeiten der Weltenmeere trieben mich in Bitterkeit.
Tiefe Verzweiflung durchflutet mich.
Hat der Himmel mich vergessen?
Kann man mir verzeihen?

Bin nicht böse, kann nicht weinen.
Ein Herz aus Eis. Warum straft man mich?
Kann keine Liebe spüren.
Kenne keine Wärme, nur kalten Stein.

Mir steht in ferner Zeit die Verdammnis bevor.
Doch verdammt bin ich bereits für alle Zeit.
Der Himmel kann warten, die Hölle nicht.
Dies war der letzte Schrei der Freiheit.

SALVE ME REDEMPTOR MUNDI

Lange Wege

Verliere mich in deinen Augen, deinen Lippen, deiner
Stimme.
Mein altes Löwenherz erwacht bei dir.
Wünsche dich nur bei mir, bei mir.

Durchquerte Hades, Hölle, Tartaros.
Zerteilte den Styx an Charons Seite.
Um zu segeln in deine warme Breite.
Durch dich wieder stolz.

Habe keine Angst vor mir, bin kein gehörntes wildes
Tier.
Bin ein einsamer Wanderer in dunklen, schlimmen
Zeiten.
Auf der Suche nach meinem Licht der Welt.

War ein dunkler Engel der Nacht.
Bist mein Mondschimmer, mein Stern.
Hast mich ins Leben zurückgebracht.
Vielleicht ein Wink der großen Göttin.

Ein Zeichen ihrer Macht?

Jugendangst

Wohin gehe ich?
Wo ist meine Welle
auf dem Meer, genannt Leben?

Bin ich ein Komet mit lichtem Schweif?
Verdammt früh zu verglühen?
Oder bin ich härter als die Welt?
Die mich oft um mein Glück geprellt!

Hab zwei Herzen in der Brust.
Das eine voller Liebe, Lebenslust.
Das andre düstrer als der tiefste Fluss.

Kann nicht recht lachen.
Und nicht weinen.

Ich bin ein Mensch.
Bin Adams Sohn.
Das Leben ist der reinste Hohn.

Arroganz

Total aggressiv.
Emotional depressiv.
Ich gehe um wie auf Kokain.
Brauch erst mal Kodein.

Wandle auf und ab.
This cage is my trap.
Bin ein gefangener Tiger.
Und meist zweiter Sieger.

Der Himmel ist weit.
Die Hölle nah.
Verachte euch, liebe euch.
What's wrong asshole?

Bin nur ein Egoist.
Dem der Mensch zuwider ist.

Mein Leben ist die unsinkable Titanic.
Und ihr versinkt in Panik?
Oh mein Gott, welch' Tragik!

Meine Arroganz ist lehrbuchreif.
Bin der Menschheit letzter Streich.
Ein glühender Komet mit Feuerschweif.